일본인은 헤어질 때 **왜?** **사요나라라고 말할까**

일본인은 헤어질 때 **왜?** 사요나라라고 말할까

다케우치 세이치 지음
서미현 옮김

어문학사

머리말

얼마 전 세상을 뜬 작사가 아쿠 유阿久悠(1837~2007)는 그의 말년에 '〈나의 사요나라사ぼくのさよなら史〉'라는 글을 썼다. 그는 '사요나라는 유능한 달변가이다', '사요나라사의 두께를 보면 그 사람의 인생이 훌륭했는지, 아니었는지를 가늠할 수 있다'라고 말하며 '사요나라'라는 말의 중요성을 강조했다. 그의 머릿속에는 다음과 같은 시대에 대한 위기의식이 자리 잡고 있었다.

과연 오늘날 사람들은 '사요나라'라는 말을 쓰고 있는 것일까? 별로 들어본 적도 없거니와 어떨 때 쓰이는 말인지 떠올리기도 힘들다. '사요나라'는 이미 '사어死語'가 되어버린 걸까. 이 말은 곧 이별을 자각할 수 없게 되었다는 뜻과 같다. 비극적인 일이다.

일상생활에서, 아니 범위를 좀 더 넓혀 인생 전반

에서 생각해보자. 이별이라는 상황에 무감각해진다면, 감성의 살갗이 벗겨져서 쓰라릴 일도, 감상感傷에 젖어 그 아픔이 전신에 배어나올 일도, 그것을 견뎌야 할 이유도 없을 것이다. 사람의 마음은 언제나 어느 정도의 물기를 머금고 있어야 한다. 바짝 말라버린 인생은 너무나 무미건조하다. 분무기로 마음에 물기를 주듯 애달픔, 슬픔, 외로움에 대한 자각이 꼭 필요하다. (중략) 사람의 마음은 '사요나라'에 의해 그 윤기가 더해진다. 왜 '사요나라'라고 말하지 않게 된 것일까. 왜 이별도 알아차리지 못하는 이상한 일이 일어났는가.

아쿠는 그 원인이 통신수단의 고속화와 휴대폰과 메일의 사용이 일상화 된 데 있다고 보았다. '인간은 인간과 항상 연결되어 있다'는 생각과 '인간은 누구라도 부르면 대답하는 존재이며, 그 시간과 공간은 뛰어넘을 수 있다'는 착각이 '이별'이라는 엄숙한 현실 앞에서 둔감해지게 만든다는 것이다. 그는 인간이 가장 중요한 무언가를 잃어가고 있다고 덧붙였다.

아쿠는 '인간의 사요나라의 활력과 영향력'을 굳게 믿으며, 시대성과 사회성을 반영하는 글을 의욕적으로 써왔건만, 설마하니 '이별을 알아차리지 못하는 시대가 올 줄은 정말 몰랐다'며 작사가의 입장에서 탄식을 내뱉었다.

'사요나라'라는 말이 정말 사어가 되었는지 어땠는 지는 판단하기 어려운 시점이지만, 확실히 아쿠의 말도 일리는 있어 보인다. 얼마 전까지만 해도 사람들은 헤어질 때 일상적으로 '사요나라'라는 말을 썼다. 우리 아이들이 학교에 다닐 때까지만 해도 방과 후에 '사요나라'를 외치며 헤어졌던 것을 기억한다. 또한 기억하건대 조금 오래된 영화에서도 이별 장면에서는 항상 이 말이 등장했다. 한편, 도쿄 올림픽 개막식은 '사요나라'라는 말을 전 세계에 알리는 기회가 되었지만, 정작 일본에서는 일상생활 인사로 쓰이지 않게 되었다.

하지만 그렇다고 해서 이 말이 전혀 쓰이지 않느냐 하면 그것은 아니다. 사용되는 경우가 몹시 제한적이라는 뜻이다(물론 아쿠가 말한 의도와는 좀 다른 것 같지만 말이다). 오늘날 이 말을 쓰는 경우는 기껏해야 남녀가 이별할 때 '이제 그만 사요나라'라고 말한다든가, 사랑했던 할머니가 돌아가셔서 장례식에서 관 뚜껑을 닫으려고 하는 순간이나, 화장터 가마에 들어

가는 순간에 '할머니, 사요나라!'라고 말하며 울먹일 때다.

　사요나라의 의미가 점점 축소되어 가고 한정되어 가는 것을 보면, 아쿠가 무엇을 걱정하는지 대강 알 것 같다. 그는 오늘날, '사요나라'를 피하는 경향이 '사요나라'를 더 이상 쓰지 않게 만들었다고 여기고 있다. 사람의 인생을 판단할 수 있을 만큼 중요한 '사요나라사'를 더 이상 꿰뚫어 볼 수 없는 시대가 왔음을 슬퍼하는 것이다.

　필자도 그 점에서는 뼈아픈 기억이 있다.
　십수 년 전에 아버지가 위암으로 돌아가셨다. 장남인 나는 아버지에게 당신이 암에 걸렸다는 사실을 알리지 않기로 결정하고 마지막까지 아버지를 '죽지 않을 사람'으로 대했다. 병을 알리지 않았던 것은 아버지를 위한 일이었으니 이를 후회하지는 않는다.
　하지만 결국, 그런 선택을 함으로써 '사요나라'라는 인사를 회피하다가 마지막을 맞이하지 않았나 하는 생각이 강하게 남아 있다. 아버지가 돌아가시기 1주일 전에, 평소에 친하게 지냈던 친척이 찾아와 아버지와 서로 눈시울을 붉히며 눈물을 흘리고 돌아갔다. 하지만 나는 마지막까지 아버지를 '죽지 않을 사람'으로 대했기에 아버지와 그런 시간을 보내지 못했다. 아버지는 자신이 암에 걸렸고, 머지않아 죽을 것이라는 것도 알고 있었던 것 같다.

나중에 안 사실이지만 실제로 주위 사람들에게 그런 말을 했다고 한다. 하지만 아버지는 그 순간에도 마지막까지 어쩌면, 정말 어쩌면 그렇게 되지 않을지도 모른다는 한 가닥의 희망을, 내가 입에 달고 사는 '죽지 않을 거야'라는 말에 걸었을지도 모른다. 그러니까, 조금 전에 얘기했듯, 병을 알리지 않았던 것 자체는 나빴다고 생각하지 않는다. 그러나 결과적으로는 '무자각無自覺'까지는 아니더라도, 아버지와의 이별, 즉 '사요나라'라는 장면을 피해버린 꼴이 되었다.

이러한 사실 때문에 아버지의 죽음을 생각할 때마다 가슴에 응어리가 져 답답한 느낌이 든다. 아버지도 나와 같은 느낌이셨을까. 무언가를 두고 온 것 같은, 잃어버린 것만 같은 기분으로, 이대로는 눈을 감을 수 없다는 생각을 한 채 돌아가신 건 아니었을까.

나를 포함해, '왜 사람들은 이렇게 사요나라를 맞

이하고 있을까'라는 의문이 다시 들기 시작한다. 그 점에 관하여 앞으로 본문에서도 여러 방면으로 생각해보고자 한다. 앞서 언급한 점도 포함하여 사람과 사람이 확실하게, 또는 확실하지 못하게 헤어지는 것은 도대체 어떤 것인가, 이별의 자각이란 무엇을 어떻게 자각하라는 것인가, 또 '사요나라'라는 말은 본래 어떤 인사였는가와 같은 점이 다시 제시될 것이다.

이 책의 주제는 방금 언급한 관심사항들을 포함한, '일본인은 왜 헤어질 때 사요나라라고 말하게 되었는가?'라는 질문에 대한 답을 알아가는 것이다.

본문에서 좀 더 자세하게 알아보겠지만, '사라바, 사요나라'라는 말은 '사아라바然あらば(그렇다면)', '사요데아루나라바(그렇다고 한다면)'이라는 말이 변한 것이다. '앞의 사항을 받아, 다음에 일어날 행동, 판단을 하기 전 사용하는' 접속사였던 것이다. 본래 접속사였던 이 말을, 일본인은 먼 옛날인 10세기부터 헤어질 때마다 사용하고 있었다. 그렇다면 한 가지 의문이 생긴다. 왜 우리는 이런 말을 하며 헤어졌을까?

확실히 '사요나라'라는 인사는 점점 쓰이지 않게

되었으며 일상생활에서는 '데와'라든가 '자'('자'는 '데와'의 줄임말로서 둘 다 '그럼'이라는 뜻이다—옮긴이)와 같은 말이 일반적으로 쓰이고 있다. 오사카大阪 방언인 '호나'나 도호쿠東北 지방의 방언인 '세바, 다바'도 같은 말이다. 이런 점을 볼 때 '사요나라 = 그렇다면'이라는 기본적인 언어의 쓰임을 확인할 수 있다. 왜 일본인은 모두 공통적으로 '그럼, 그러면'이라고 말하며 헤어지게 되었을까.

그러면, 헤어질 때 쓰는 세계 각국의 인사와 표현을 알아보기로 하자. 작별인사는 크게 세 가지 타입으로 구분된다.

---

① Good bye(굿바이), Adieu(아듀), Adios(아디오스), Addio(아디오)

② See you again(시유어겐), Au revior(오르부아), 再見(짜이찌엔), Auf Wiedersehen(아우프 비터제엔)

③ Farewell(페어웰), 安寧히 계세요(안녕히 계세요)

---

①의 'Good bye'는 'God be with you'의 축약어로, '신이 당신과 함께 있기를 기도한다'를 뜻한다. 프랑스어인 'Adieu'의 'dieu'가 신, 'a'가 '~에게, ~에 있어서'를 의미하는 전치사이므로, '신의 곁에'라는

뜻이다. 스페인어인 'Adios', 이탈리아어인 'Addio'도 뜻이 같으며 헤어질 때 신과 같은 존재의 가호를 바라는 작별인사이다.

②는 'See you again'처럼 '또 만납시다'를 뜻하는 작별인사이다. 프랑스어인 'Au revior'에서 're'는 '한 번 더', 'vior'는 '만나다'를 뜻한다. 중국어인 '再見'은 문자 그대로, '다시 만납시다'라는 뜻이고, 독일어인 'Auf Wiedersehen'에서도 'Wieder'가 '다시', 'sehen'가 '만나다'를 뜻한다. 그 외에도 스페인어인 'Hasta la vista', 이탈리아어인 'Arrivedercl', 러시아어 'Do svidania'도 '다음 기회'라는 뜻이다.

③의 'Farewell'에서 well은 '잘', 'fare'이 '가 주세요'라는 뜻으로 작별인사이다. 한국어의 '안녕히 계세요'의 '안녕'은 한자로 쓰면 '安寧'이 되는데, '편안하게 가 주세요.' '건강하세요'라는 뜻이다.

세계의 작별인사는 이처럼 크게 세 가지 타입으로 분류할 수 있다. 가장 먼저 ①번. 일본인은 '신의 곁에'라든가 '부처님의 가호를'과 같은 말을 쓰지 않는다. ②의 경우를 생각해 보면 '마따네(또 봐)'라든가 '자, 마따(그럼, 또 봐요)'라는 식으로 쓰고 있다. ③의 경우처럼 '고키겡요(안녕하십니까?)', '오겡키데(건강하세요)'라는 인사는 일반적으로 쓰이고 있다.

그러나 뭐라고 해도, 일본인의 헤어지는 말로는 '사라바', '사요나라'가 가장 일반적이었다. 조금 전에도 말했지만 '소레데와, 데와, 자(그럼)'이라는 말과 똑같은 발상에서 나온 말이다.

한 번 더 질문해보자. 왜 일본인은 이처럼 '자, 그럼'이라는 말을 하고 헤어지게 된 것일까. 이러한 이별 방식이 세계의 일반적인 인사방법이 아니라면, 그러한 이유에는 일본인의 어떤 인생관, 세계관이 밑받침이 되어 있는 것일까. 또 다른 사람에 대한 어떤 마음가짐이 바탕이 되어 있는 것일까.

위와 같은 질문을, 특히 죽음과 이별死-別이라는 이별의 방식, 사생관 차원의 문제까지 거슬러 올라가, 일본인의 일반적인 이별방식에 관해 다시 한 번 함께 생각해보고자 한다.

차례

제1장

'사라바, 사요나라'라는
말의 역사

今こそわかられ いざさらば。
이제는 헤어져야 할 때 안녕을 고합니다.

(우러러보면 존귀하구나仰げば尊し : 일본 졸업식 때 부르는 노래-옮긴이)

접속사 '사라바'에서
헤어질 때의 인사 '사라바'로

'사라바'는 원래 접속사였다

먼저 '사라바, 사요나라'라는 말의 역사부터 알아보아야 할 것 같다. 처음부터 시시해 보일 수도 있지만, 사실은 앞으로 논의하게 될 모든 내용의 전제가 되기 때문에 꼭 알아 둘 필요가 있다. 지금부터 알아보기로 하자.

원래 '사라바'라는 말은 '앞에 일어나는 일을 받아, 뒤에 일어나는 일과 연결해주는 말'인 '然らば(사라바)'에서 유래되었다. '그러면, 그렇다면, 그럼'과 같은 의미의 접속사이다. 소학관小学館의 『일본국어대사전日本國語大辭典』은 다음과 같은 예를 들며 설명하고 있다.

さらばいかがわせん。難き物なり友仰せごとに従ひて求めにま
からん。
『타케토리모노가타리竹取物語』

　해석하면 "그러면, 어쩔 수 없습니다. 설령 힘든
일이 있더라도 그것을 구하러 갑시다"라는 뜻이다.
여기서 '사라바'는 명령을 받아들이고, 수행하는 두
개의 연속행동을 잇는 역할을 한다. 즉 '그러면'의
뜻이 된다. 또 다른 예로는 다음과 같은 것이 있다.

親もなくいと心細げにて、さらばこのひとこそはと事にふれて
思へるさまもらうだけなりき
『겐지모노가타리源氏物語』

　"부모도 없고 마음이 허전하구나", "그렇다면 이 사람을 의
지해야지. 무슨 일이 생길 때마다 이런 생각하는 모습이 애
처롭구나"를 뜻한다.

　여기에서도 '사라바'는 완전한 접속사로 쓰였다.
헤어짐을 떠올리는 의미는 전혀 찾아볼 수 없다. 이
런 접속사의 용법은 지금까지도 계속 쓰이고 있다.

헤어질 때의 인사로 쓰이다

그러나 이와 같은 용법은 헤안平安시대 전기 무렵에는 벌써 변해 있었다. 다음과 같은 예를 보자.

さらばよと別れし時にいはませば我も涙におぼほれさまし

『고센와카슈後選和歌集』

『일본국어대사전』에서는 이를 '헤어질 때의 인사로 쓰이는 말, 사요나라의 의미'로 분류하고 있다. 즉 품사도 감탄사이며, 헤어질 때의 말로 자립해서 쓰임을 의미한다. 작가는 "그때 당신이 '사라바요(안녕)'라고 말해 주었다면, 나도 눈물에 젖었을 텐데. 당신은 그렇게 확실히 말해주지 않았다. 그래서 나도 눈물을 흘리지 않았다. 이별이라고 확실히 받아들일 수 없었다"라는 원망의 말을 전하고 있다(흥미롭게도, 이 시대에도 조금 전 언급된 아쿠 유의 지적이 적용되는 점이 있다). 이런 예도 있다.

うちつけに炒られんも様悪しければ、さらばとて、帰り給ふ

『겐지모노가타리源氏物語』

해석해보면 "성급하게 애태우는 모습을 보이는 것도 보기 좋지 않으니, '사라바'라고 말한 뒤 돌아가셨다"를 뜻한다. 이 문장도 '사요나라'라는 헤어질 때의 인사 용법으로 분류되고 있다. 하지만 '~하는 것도 보기 흉하다, 그렇다면'이라고 말하고 돌아가셨다'라고 해석해도 전혀 어색하지 않은 문장이다. 이처럼 헤어질 때의 인사 '사라바'와 접속사 '사라바'의 경계가 애매한 경우도 있다.

단지, '사라바(さらば)'가 '사라바토테(さらばとて)'나 '사라바요토(さらばよと)'처럼 변형되어 쓰이게 되면 '~이라고 해서, ~라고'의 뜻이 되기 때문에 원래 접속사의 의미는 약해지고, 자립어로서의 '사라바', 즉 헤어질 때의 인사의 의미가 강해지는 것이다.

'사라바, 자결하겠습니다'에서 '사라바'의 의미는?

단순히 접속사의 용법으로는 앞의 일을 받아들여, 일어나는 뒤의 사항이 기술된다. '사라바(그렇다면)'라고 받아들이는 과정이 있고, 그 다음에 '이렇게 저렇게 하자' 또는 '이렇다 저렇다'라는 말이 오는 것이 일반적이지만, 받아들이는 말 '사라바'가 이별의 의미에 가까울 때도 있다. (일본국어대사전에서 인용한 것은 아니지만) 예를 들면 이렇다.

- 世を背きぬべき身なめりなど、言ひおどして、さらば今日こそは限りなめりと、 『겐지모노가타리源氏物語』
- 勢も少し、悪しくて打れなむず。遠ければ呼ぶとも聞やまじ。いざさらば、只馳けむ、とて懸出でけり。 『헤케모노가타리平家物語』
- 兵既に寺内に打入たれば、紛れて御出あるべき方もなし。さらば、よし白害せんと思食て、 『다이헤키太平記』

먼저 『겐지모노가타리』의 인용문을 보자. '세상을 등질 수밖에 없다'라는 말로 운을 뗀 다음, '사라바, 오늘이야말로 이별할 것 같구나……'로 말을 맺고 있다. 여기에 나온 '사라바'는 출가 외에는 방법이 없는 상황을 받아들인 뒤, '사라바(그렇다면), 오늘이야말로 마지막이다'라는 뜻으로 쓰였다. 형태는 접속사이지만, 이별의 의미를 가지고 있다. 다음에 나온 『헤케모노가타리』의 문장은 '아군은 적고, 어쩌면 기습을 당할지도 모른다. 불러도 들리지 않겠지. 이자사라바(그러면), 지금 하산할 수밖에……'라는 뜻이다. 여기에서는 '그렇다면, 그래, 이렇게 하자'라는 뜻의 접속사로 쓰였다. '앞의 사항에 동의하고, 결의한 것을 행동으로 옮길 때 사용한다'라는 『시대별 국어대사전時代別國語大辭典』에 언급된 내용과 같은 맥락이다. 하지만 결심을 하고, '하산'이라는 행동을 끌어내는 역할을 하는 '사라바'에서 '이것으로 끝, 사요나라'의 의미를 충분히 읽어낼 수 있으리라 생각한다.

　마지막으로 『다이헤키』의 인용문을 보자. 병사들이 이미 쳐들어 와, 운 좋게 도망칠 수가 없는 상황. 그 사실을 직시하고, '그러면, 좋다. 자결해야겠구나'라고 생각하는 문장이다. 앞에 사태를 받아들인 시점에서 자결이라는 결의를 하고, 행동으로 옮기게 하는 역할을 하는 것이 '사라바'이다. 접속사이기는 하나, 자결이라는 일종의 이별의 선상에서, 마지막을 고하기 전 '사라바'라는 말이 쓰였으므로, 이 예문에서의 '사라바'는 애매하게 이별의 의미를 획득했다.

'이자사라바', '요시사라바'는 '사라바'의 강조어

한 가지 예를 더 보기로 하자. 『다이헤키』의 구스
노키 마사시게楠正成의 자결 장면이다.

楠京を出しより、世の中の事今は是迄と思ふ所存有ければ、……
いざさらば同く生を替て、此本懷を達せん。と契て、兄弟共に刺
違て、同枕に臥にけり。　　　　　　　　　『다이헤키太平記』

'이로써 끝장'이라는 상황을 서로 확인하게 되자,
'이자사라바'라고 말하고 서로 상대를 찌른 뒤 죽어
가는 장면인데, 여기에서는 어느 품사라고 딱히 꼬집
어 말할 수 없다. 즉 상황, 의사를 확인한 시점에서
'그럼, 좋다'라고 말하고 서로를 찌른 것이라면, 접속
사라고 생각해도 좋다. 그러나 '그렇다면, 좋다. 이것
으로 마지막이다. 안녕히'라는 이별의 말로 해석해도
어색하지 않은, 자연스러운 문장이다.

특히 '이자, 사라바'라든가, '요시, 사라바' 혹은
'사라바토테'처럼 '사라바'에 힘을 주어, 따로 강조한
말을 만들면 접속사인지 감탄사(이별의 말)인지 거의
구별이 되지 않는다(이 문장은, 뒤에서 다나카 히데미치의

26

말에 주목하면서 생각해보기로 하자).

접속사 '사라바'와 이별의 말 '사라바'의 혼재

　이제까지 간략하게 살펴본 점을 중세까지의 용법으로 정리하며, 요쿄쿠謠曲[1]의 예로 확인해보고자 한다. 예를 들면 『안타쿠安宅』에서는 세 가지 예의 '사라바'가 나온다.

- この上は力及ばぬ事、さらば最期の勤めを始めて、尋常に誅せられうずるにて候。
- お酌に参らうずるにて候。さらばたべ候ふべし。
- 関守の人々、暇申して、さらばよとて、笈をおつ取り……

　　　　　　　　　　　　　　　　　　　　　『안타쿠安宅』

　처음 인용문을 보자. 여기에 나타난 '사라바'는 '이제 어떻게 해도 되지 않는다. 그렇다면 최후의 방법으로 깨끗하게 죽음을 맞이하자'는 결의와 각오를 이끌어낸다. 앞의 사태를 받아들이고 뒤이어 행동, 결

---

1 요쿄쿠謠曲 : 能楽의 가사를 낭독하는 것―옮긴이

의를 하는 모습이다. 이 '사라바'도 접속사지만, 이별의 의미를 조금은 가지고 있다고 할 수 있다.

다음은 죽음의 장면이다. 술을 따르겠다는 말에 '사라바'라고 말한 뒤 술을 받아 마시는 장면이므로, 이별의 의미가 전혀 없는 단순한 접속사라고 할 수 있겠다.

마지막의 '사라바'를 살펴보자. '요'나 '토테'라는 말이 합쳐지면서, '사라바, ~하겠다'라고 결의하는 의미도 사라진 듯하다. 대신 그 앞에 이별을 의미하는 '暇申す'가 있으므로, 이 문장에서의 '사라바'는 확실한 이별의 말임을 알 수 있다.

마지막 예문의 '暇申して、사라바요토테(さらばよとて)' 부분을 다시 보자. 해석해보면 '이별을 고하고, 안녕히'라는 뜻이다. 완전한 접속사로 자립한 것처럼 보이나, '사라바、お暇申し候はん 『산린三輪』'의 경우처럼 그 순서만 바뀐 예문을 보면 '그럼, 이별을 기다리겠습니다'나 '안녕히, 이별을 기다리겠습니다'로도 해석할 수 있기에, 접속사와 이별의 말에 모두 아슬아슬하게 턱걸이한 셈이 된다.

'사라바'는 원래 그때까지의 상황을 인지하고, '그러면, 헤어지자'라는 식으로 이별을 이끌어내는 말이었지만, 점점 '사라바'라는 말 자체에 이별의 의미가 생겨났다고 추측해 볼 수 있다. 또한 '사라바'가 이별을 뜻하는 자립적인 말이 되면서 '이별하다, 죽다'와 같이 이어지던 말이 생략되는 경우도 생겼다.

근세 이후의 '사라바, 사요나라'

근세 이후의 '사라바, 사요나라'

『일본국어대사전』은 '사라바'가 중고시대까지는 접속사로의 용법이 중심이었던 말이었고, 중세 이후로는 감탄사(이별의 말) 용법으로 많이 쓰이게 된 말임을 알려주고 있다. 그 내용은 다음과 같다.

중세 후기에는 '사라바사라바'처럼 반복표현이 많이 보이기 시작했다. 근세 중기에는 '사라바의 새鳥와 같은 명사적 용법도 생겨났으며, 허물없는 사이에서 쓰이는 조닌町人언어인 '오사라바'도 생겨났다. 근세 후기가 되면서 '사요나라바'에서 생겨난 '사요나라'가 일반화 되었지만, 근대 이후로는 문어적인 표현으로 '사라바'가 쓰이고 있다. 예로는 다음과 같은 것을 들 수 있다.

- いにさまのさらばの声か秋の風

  하이카이俳諧[2] 〈게후기구사毛吹草〉

- さやうならば、御きげんよふ

  샤레본洒落本 〈아야쓰리인형극南品傀儡〉

- 左様ならば アイよろしく また後にお出なアイ、また来ます

  닌조본人情本[3] 〈에타이단고英対暖語〉

- さやうなら、御きげんよふ 行ってまゐりやせう

  샤레본洒落本 〈소가누카부쿠로曾我糠袋〉

- ハイさやうなら トまじめになる

  곳케본滑稽本 〈우키요도코浮世床〉

대부분 오늘날 사용하고 있는 '사라바, 사요나라'와 같이 확실하게 이별의 말로 자립한 표현으로 쓰이고 있다.

'이제는 헤어져야 할 때, 이별을 고합니다'

'사라바'는 문어적인 표현으로 현재도 사용되고 있

---

2 하이카이俳諧 : 에도시대에 성행한 일본문학 형식─옮긴이

3 닌조본人情本 : 에도시대 말기에 유행한, 서민의 인정人情·애정을 주제로 한 풍속 소설.

는데, 〈우러러보면 존귀하구나〉라는 노래를 예로 들
수 있다.

仰げば尊し 我が師の思
우러러보면 존귀하구나 (스승의 은혜)

教えの庭にも はや幾年
가르침의 교정에서 벌써 몇 년이 흘렀나

思えばいと疾し この年月
생각하면 그리워질 이 세월

今こそ別れめ いざさらば
이제는 헤어져야 할 때, 이별을 고합니다

메이지 7년에 만들어진 문부성창가이다.

'今こそ別れめ(이마코소와카라메)'의 '別れめ(와카라메)'
는 명사가 아니라, 가카리무스비 규칙係り結び4에 의해
변한 말이다. 즉 '지금이야말로 헤어지자'라는 뜻이
다. '今こそ別れめ いざさらば 이제는 헤어져야 할 때,

---

4 가카리무스비 규칙係り結び: 일본고전문법에서 어느 문절이 계조사에 의해 강조되
거나 또는 의미가 첨가된 경우에, 계조사와 문말의 활용어 사이에 있는 호응 관
계. 앞에 『ぞ・なむ・や・か』가 올 때에는 문말을 連体形, 앞에 『こそ』가 올
때에는 已然形으로 끝맺는 현상. -옮긴이

이별을 고합니다'를 직역하면 '지금이야말로 헤어지자, 이자사라바(자, 안녕히)'가 된다.

　앞에서 살펴본 것처럼 '사라바'와 함께 '요시, 이자'를 함께 쓰면 좀 더 힘을 실어 '사라바'를 강조할 수 있다.

　사라바는 본래 접속사로 '그럼, 이제 헤어지자'의 의미여야 하나 자립하여 이별의 말이 됨으로써, '이제 헤어지자, 안녕'과 같이 역전된 표현이 전혀 이상하지 않게 된 것이다.

'옛 일'과 '새 일'의 결별, 확인, 이행

'사요데아루나라바'의 '잠시 멈춤' 기능

일본인의 인식이나 행동을 우리 주변의 언어실상에서 분석한 아라키 히로유키荒木博之 씨의 『야마토언어의 인류학やまと言葉の人類学』을 보면 '사라바, 사요나라'에 대해 다음과 같은 설명이 나온다.

……이별을 뜻하는 일본어인 '사라바'도 지금까지의 일이 끝났으니 이제부터는 새로운 일에 맞서겠다는 마음가짐을 반영한 특별한 화법이다. 일본인이 고대부터 현대에 이르기까지 이별에 직면했을 때 일관적으로 '사라바'처럼 '그렇다면'의 뜻을 가진 말을 써 온 것을 볼 때 무엇을 유추할 수 있을까. 옛 '일'에서 새 '일'로 옮겨 갈 때에 반드시 일단 멈

추어 서서 옛 '일'과 결별한 뒤 새 '일'을 받아들이고자 하는 일본인의 경향을 뚜렷하게 드러내는 증거로 볼 수 있다.

야마토언어의 인류학やまと言葉の人類学

일본인이 '사라바, 사요데아루나라바(그러면)'이라 하고 헤어지는 것은, 옛 '일'이 끝났을 때 잠깐 멈추어 서서 '그러면'이라고 확인하고 정리한 뒤 새 '일'과 마주하려고 하는 마음가짐, 경향을 나타내고 있다는 설명이다.

이 설명에는 이 세상의 모든 사건, 현상을 개별적인 '일'로 받아들이는 일본인의 인생관과 세계관의 특징이 전제되어 있다(나중에 좀 더 자세히 알아보도록 하자).

구체적인 예는 이렇다.

일본의 초등학교와 중학교에서 '기립, 경례, 착석' 순으로 행하는 의례는 외국에서는 거의 볼 수 없는 일본인의 '일'에 대한 대처방법이다. 시작과 끝을 말로써 확실하게 확인하고, 하나하나의 '일'을 진행하고자 하는 태도인 것이다.

또 전철역의 방송이나 차장의 손짓도 그러한 예로 볼 수 있다. 몇 시 몇 분 출발의 무슨 행 전철이라는 방송이 나오고, 차장의 손짓 확인이 있은 뒤에 '삑' 하고 경적소리가 울리며 전철이 출발한다. 우리에게는 '안전 확인 절차'로서 너무나 익숙한 광경이지만 이것도 역시 외국인에게는 신기하게 보이는 모양이다.

그뿐만이 아니다. 응원구호, 노래의 추임새, 부르는 소리, 주문을 외울 때도 우리는 '야아, 으랏차차, 여봐요, 이거이거'와 같은 소리를 내며 당면한 사항을 진행해 가는데 이것도 같은 맥락이다. 일본의 예능이나 연예 프로그램에서 흥을 돋우려고 연주하는 반주음악, 추임새를 '하야시囃し'라고 하는데, 이 말은 '生' 또는 '早'의 어원에서 출발했다. 즉 무언가의 생성을 촉진시키거나 재촉하는 힘을 부여하기 위한 주문임을 이 책에서는 설명하고 있다. '발화發話함으로써 또는 언어의 주력呪力에 의지함으로써 하나하나 처리해 나가는 태도'를 확인할 수 있다.

'이상입니다'라는 말이 있어야 확실히 끝난 느낌

아라키 씨의 지적에 연상되는 일화가 있다. 고바야

시 야스오와 프랑스 도룬의 공저인 『일본어의 숲을 걸어서日本語の森を歩いて』라는 책에 다음과 같은 재미있는 에피소드가 나온다. 저자인 도룬 씨가 처음으로 일본어로 연구발표를 했을 때, 결론까지 말하고 발표를 잘 끝냈음에도 불구하고 청중이 아무런 반응을 하지 않았던 것. 그 원인은 마지막에 '이상입니다'라는 말을 하지 않았기 때문이었다. 확실히 일본인은 '여기까지다', '이것으로 끝이다'라는 구분을 다시 한 번 말로 함으로써, 다음의 장면으로 넘어가려고 하는 경향이 있는 것 같다.

'두 명 이상의 일본인이 하나의 '일'을 진행하는 장면에서, 앞을 끝내고 연결해서 뒤를 시작하려면 반드시 '소레데와, 데와(자, 그럼)'이라는 말이 나오게 된다. 앞의 일을 깨끗이 정리하고 뒤의 일을 시작하지 않는 것은 어떻게 해도 그 끝맺음이 좋지 않아 보인다'고 아라키 씨는 이 책에서 말했다.

즉 굳이 다시 한 번 '그렇다면'이라는 말을 입 밖에 꺼내고 그 말의 힘을 빌려서 앞의 일을 확인, 정리한 뒤 새로운 일로 이행하고자 하는 가치관이 이별의 말 '사요나라'를 쓰게 된 원인이라고 보는 것이다.

제2장

죽음의 임상臨床과
사생관死生觀

今日を生きてゐると、明日はもうひとつの光がさすんぢゃないか
오늘을 살다 보면, 내일은 또 하나의 빛이 비추지 않을까

마사무네 하쿠초正宗白鳥

두 편의 '죽음의 이야기'

'죽음의 임상과 사생관' 심포지엄

이렇게 해서 '사라바, 사요나라'라는 말이 본래 '먼저 일어난 일을 받아, 뒤에 일어나는 사실을 잇는 역할을 하는' 접속사였다는 점과 이별의 말, 감탄사로서 자립하여 쓰이게 된 과정을 조금은 알게 되었다.

먼저 일어난 '사실'이 있고, 그것을 잠시 멈추어 서서 확인하는 과정인 '그렇다면'이 있다. 그 과정이 그대로 헤어지는 인사가 되고, 앞이 정리가 되어야 비로소 그 다음으로 진행할 수 있다는 일본인의 자세도 엿볼 수 있었다.

'사라바, 사요나라'에 담겨 있는 이러한 경향은 일본인의 이별이라는 포괄적인 범위뿐만 아니라 죽음으로 겪게 되는 이별에 특히 흥미진진하게 적용할 수 있다.

다시 말해 이제까지의 삶을 멈추어 서서 확인하는 과정 '그렇다면'과 앞으로의 '죽음'으로 진행되어가는 과정 그리고 그 중간 시점에서 생겨나는 인사 '사라바, 사요나라'와의 상관관계를 알아보는 것이다.

1장에서 〈다이헤키〉의 인용문에 나왔던 '사라바'는 자살을 포함한 사별의 인사로 쓰였다. 특히 '사라바, 요시'나 '이자, 사라바'처럼 결의가 느껴지는 '사라바'는 죽음을 앞둔 인사와 더욱 가깝게 느껴진다.

예전에 '죽음의 임상과 사생관'이라는 심포지엄에서 코디네이터 역할을 한 적이 있다(도쿄대학인문사회계연구과COE「사생학의 구축」프로젝트 주최, 2004년, 패널리스트는 의료정책의 히로이 요시노리広井良典 씨, 생명학의 모리오카 마사히로森岡正博 씨, 작가인 야나기타 구니오柳田邦男 씨, 교육학의 와카바야시 가즈미若林一美 씨 총 4명, 사회는 다케우치).

'죽음의 임상에서 어떻게 대처하는 것이 옳은 것일까'라는 질문과 '현대 일본인은(머리말에서 언급한 것처럼 필자도 포함하여) 죽음의 임상을 경험하게 될 때 어떤 사생관의 영향을 받게 되는가'라는 질문에 대한 답을 토의하는 심포지엄이었다. 심포지엄에서 제기된 문제는 이 책의 전반적인 주제와 깊게 관련을 맺고 있었으며, 무엇보다 필자에게도 많은 생각의 전환을 하게 하는 프로그램이었다고 생각한다.

그래서 먼저 보고집報告集(심포지엄 보고집 '죽음의 임상과 사생관' 도쿄대학교 대학원 인문사회계 연구과 2005)의 내용을 소개하고, 참석했던 패널의 저서의 내용으로 보충하며, 더 나아가 일본인의 전반적인 사생관을 검토하여 '사라바, 사요나라'의 의미에 대해 심층 분석해가고자 한다.

죽음의 이야기(1) – 죽음을 만들다

심포지엄에서는 '죽음의 임상과 사생관'을 둘러싸고 다양한 토의가 진행되었는데, 그중에서도 특히 앞서 언급한 관심사와 문제에 깊은 연관이 있었던 주제는 야나기타 구니오 씨가 주장한 내용이었다. 야나기타 씨의 저서에는 이런 내용이 있다.

오늘날 일컫는 투병鬪病이란, 병마와 힘든 싸움을 하는 것뿐만 아니라, 스스로 혹은 가족과 함께 자신의 인생을 집약할 수 있는 방법을 찾아내는 것이다. 이와 같은 목표를 달성하기 위한 투병 스타일을 찾아야 하는 시대가 된 것이다. … 스스로 자신의 죽음을 만들지 않으면 보다 나은 죽음을 맞이하기 어려운 시대가 되었다. 그런 의미에서, 나는 일본의 현상現狀을 '자신의 죽음을 만드는 시대'라고 부르고 있다.

『죽음의 의학 일기死の医学への日記』

예를 들어, 우리는 '~투병기'라는 책을 쉽게 접할 수 있는데 여기서 투병기란, 단지 병 그 자체와 맞서기 위해 쓴다기보다 자신과 가족이 '스스로의 인생을 집약하기 위한 방법을 밝혀내고' '보다 나은 죽음을 얻기 위해' 쓰는 것이다. '스스로 자신의 죽음을 만드는' 것은 그러한 작업을 통해 깨달음을 얻는 것이다. 즉 죽음을 앞에 두고 자기 자신의 생을, 어떤 형태로든지 집약하고 완성, 완결해 가는 것이며, 그렇게 함으로써 자신의 죽음과 타협점을 찾고 죽음을 수월하게 받아들인다.

투병기는 죽음을 만들어 가는 작업 중의 한 예이며, 인생의 마지막 부분을 써 내려가는 것이지만, 꼭 그런 방법이 아니어도 좋다. 다른 예로 불상 사진을

찍어 온 사람이 마지막에 찍고 싶었던 몇 장을 촬영해 사진집을 완성한다든가, 승마가 취미였던 사람이 자신의 애마를 마지막에 한 번 더 탄다든가 하는 방법이 있다. 물론 주위 사람의 협력 없이는 힘든 일이기는 하지만, 그러한 과정을 통해 인생을 집약, 완성해 갈 수 있다.

또는 경청傾聽 자원봉사자가 죽어가는 사람의 지금까지의 인생에서 일어난 여러 가지 일들을 들어줌으로써 당사자가 스스로의 인생에 납득할 수 있게 도와주는 사례도 있다. 납득을 하게 되면 죽음을 보다 수월하게 받아들이게 된다.

네러티브[5]의 지혜

자신의 죽음을 만든다는 것은 앞서 언급한 것처럼 자신의 인생을 완결, 완성시켜서 죽음을 맞이한다는 의미이지만, 야나기타 씨는 그에 더해 '네러티브의 지혜'가 필요하다고 언급했다. 야나기타 씨는 자신의 인식에 근거하여 '인간은 이야기 속에서 살아가는 측면

---

5 네러티브narrative : 이야기, 담화, 서술. ─ 옮긴이

이 있다'고 주장했지만, 사실은 정신의학자 융Carl Gustav Jung(1875~1961)이나 가와이 하야오河合集雄(1928~2007)의 사고방식의 틀에서 논하고 있는 것이기도 하다.

인과율因果律이라는 좁은 틀 속에서 사건의 상호관계를 보는 여느 과학자와는 달리 융은 사건과 현상을 전체론적(홀리스틱) 관점에서 보려고 했다.

별자리(constellation)는 그러한 융의 발상을 상징적으로 보여주는 예다. 밤하늘에 반짝이는 수많은 별은 존재만으로는 아무런 의미를 가지지 못했지만, 고대인들은 몇 개의 별을 이어 쌍둥이 자리라든가 오리온 자리, 사자자리 등을 그려내고, 이야기를 지어내면서 하나하나의 별에 의미를 부여했다. 융도 그와 마찬가지로, 인간이 인생에서 겪게 되는 수많은 사건을 그 나름의 의미대로 연결시켜, 그 사람 나름의 이야기를 만드는 방법을 제시함으로써 정신적 갈등을 일으키는 사람의 마음을 정리하고 치료하는 데 기여했다. … 죽음이라는 가혹한 시련을 어떻게 수용할 것인가 하는 문제를 생각할 때, 나는 실로 별자리와 같은 발상의 견해가 필요하다고 생각한다.

『죽음의 의학 일기死の医学への日記』

별을 바라볼 때에도 개개의 별을 따로따로 보는 것이 아니라, 한 데 묶어 전체적인 이야기로 만듦으로써 개개의 별이 특별한 의미를 가질 수 있게 했다. 마찬가지로 인생의 뿔뿔이 흩어진 사건을 하나로 정리해 이야기로 풀어나가면서 마음의 갈등을 정리하는 과정을 죽음의 수용으로 연결시키고자 하는 것이다. 경청 자원봉사자의 예에서 알 수 있듯이 나의 이야기를 타인에게 들려줌으로써, '자신의 인생을 한 편의 이야기로 갈무리할 수가 있으며, 즐거웠던 일도 힘들었던 일도 모두 포함된 자신의 인생을 납득하며, 죽음을 받아들이는 것이다(同).'

여담 - 여자의 매력

조금은 여담이 될 수도 있겠다. 이전에 어떤 작가가 전국시대戰國時代의 여성이 살아가는 법을 주제로 한 텔레비전 드라마를 맡아 '여자의 매력'을 주제로 이야기를 들려주신 적이 있었다. 책의 주제와 관련이 있는 내용이라 꽤 기억에 남았다.

전국시대 여성의 매력은 그녀가 가진 기품에 있다. 그러나 그 기품이란, 가문이나 혈통의 문제가 아니라 난관에 부딪혔을 때 보이는 자세, 태도와 관련이 있다. 난관에 부딪혔을 때 흐물흐물 무너져 내리는 것도 아니요, 그렇다고 해서 머리채를 흩날리며 소리를 지르는 모습도 아니다. 등줄기를 꼿꼿하게 세우고 사태와 마주하는 자세이다. 그런 자세를 가질 수 있는 방법을 나도 잘 모른다. 그러나 적어도 확신을 가지고 말할 수 있는 점은, 살아온 시점까지의 인생을 디딤돌로 삼아 미래를 내다보는 사람이 아니라면 불가능하다는 것이다.

사람은 지금까지 자신의 인생을 응시하고, 하나의 인생으로 확실하게 자각할 때 비로소 난관과도 마주설 수 있게 된다는 메시지로, 기본적 틀은 야나기타 씨의 예의 이야기와 같다.

죽음의 이야기(2) – 사후의 세계

그럼 이제 심포지엄으로 다시 돌아가 보자. 패널리스트 중 한 명이었던 히로이 요시노리 씨도 오늘날 더욱더 '죽음의 이야기'가 필요하다는 이야기를 꺼냈다.

그러나 그 의미는 야나기타 씨가 말한 것과는 크게 다르다. 히로이 씨가 문제로 삼은 것은 죽음 혹은 사후를 포함한 더 큰 범위의 이야기를 의미한 것이었다. 현재 우리는 '죽으면 무無로 돌아간다', '죽으면 그걸로 끝'이라는 생각을 가진 '사생관 공동화' 시대를 살아가고 또 죽어가고 있다. 야나기타 씨는 지금이야말로 이전에 선조들의 사생관이 지니고 있던 의미를 음미하고 파헤쳐, 그 소중한 실질을 현대에 걸맞은 모양으로 돌려놓아야 한다고 주장한다.

이것 또한 특히 '네러티브의 지혜'의 선상에서 해야 할 과제라고 생각한다. 구체적으로 예를 들자면, 이제껏 각기 종교에 있어서 죽음과 사후에는 무엇인가 '영혼이 돌아갈 장소'와 같은 것(본연의 세계, 저 세상, 저 편 세계라는 이름으로 불려 왔다)이 전제되어 있었는데, 그 전제를 지금 시대에 다시 한 번 이야기로 풀어나갈 수 있다면 어떻게 할 수 있을까 하는 문제를 본격적으로 제기한 것이다. 그 때문에 히로이 씨는 터미널 케어terminal care[6]에 대해서도 다음과 같은

---

6 현대 의학으로는 어쩔 수 없어서 죽음만을 기다리는 환자를 대상으로 하는 간호.

본질적인 의의疑義를 제시했다.

> … 우리나라에서 터미널 케어에 관한 의논은 기술적인 면이 지나치게 선행되었다. 그로 인해 '죽음'이란 본디 무엇인가라는, 어떤 의미로는 터미널 케어의 본질이라고도 할 수 있는 점에 더디게 대응하는 경향이 있다. 예컨대 기술적인 면이란 '안락사나 존엄사 간의 관계를 어떻게 여길 것인가'와 같은 문제나, 소위 '연명의료는 어떤 지위를 가지고 있어야 하는가' 등등의 화제를 말한다. … 그러나 이것들은 결국 '삶의 끝 최후의 며칠간에서 수시간'을 어떻게 보낼 것인가라는, 말하자면 생의 내측을 완결한 이야기이고, '죽음' 그 자체를 어떻게 이해할지, 또는 죽음을 생의 전체와의 관계에서 어떻게 파악하는지와 직접적인 관련이 있는 것은 아니다. 하지만 터미널 케어에 있어서 가장 본질적인 것은, 바로 그러한 '죽음' 그 자체를 어떻게 이해할까라는 질문이 아닐까.

『사생관을 되묻다死生観を問い直す』

또 '터미널 케어는 돌보던 환자가 죽음을 맞이하면서 끝나게 되는 것이 아니다. … 죽음은 케어의 끝인 동시에 또 다른 시작이다. 우리가 케어를 생각하고

그 환자가 여생을 뜻있게 보내도록 하는 것이 목적이다. ─옮긴이

또 실천해 가는 경우에는 동시에 죽은 자에 대한 케어라는 것을 염두에 둘 필요가 있다'(히로이, 1997)라고도 말했다.

'죽음은 과연 의료인가'와 같은 본질적인 질문은 그 자체만으로 충분히 하나의 주제로 논할 가치가 있지만, 같은 주제인 '죽음의 이야기'를 다루면서도 야나기타 씨와는 다른 의미로 지적했다는 점이 흥미롭다.

죽음의 이 편에 인생의 끝을 두고 완결하려고 하는 '죽음의 이야기'와 죽음 또는 사후의 저 편 세계나 자연, 우주와 같은 넓고 광활한 영역을 포함하는 '죽음의 이야기'.

이 두 편의 '죽음의 이야기'의 사고방식은 조금 전에도 말했듯이 각각 커다란 주제이며 그 나름대로 충분히 생각할 거리가 쏟아져 나올 과제이다. 하지만 그와 동시에 이 두 종류의 죽음의 이야기가 서로 어떤 관계가 있는가에 대한 문제도 좋은 논의거리가 되리라 생각한다.

즉 죽음의 이 편에서 인생을 집약, 완결시킴으로써 죽음을 수용하는 방법과 사후세계의 사생관, 우주관을 그려냄으로써 죽음을 수용하는 방법, '이 두 가지는 어떻게 연결되어 있는가, 또는 전혀 별개의 문제 인가'라는 질문에 대한 대답을 찾아보는 것이다.

죽음의 이 편과 저 편

나는 코디네이터의 입장에서 질문을 던졌다. 조금 느닷없기는 했지만, 『헤케모노가타리』의 거의 마지막 부분, 헤케의 우두머리 다이라노 도모모리平知盛의 다음과 같은 말을 인용했다.

見るべき程の事は見つ、今は自害せん。
질문은 도모모리의 '보아야 할 만큼 보았다'

이 말에서 과연 무엇을 보았냐는 것이었다. 첫째, 헤케의 우두머리로서 일가의 결말, 운명을 끝까지 모 두 보았다는 의미로 해석할 수 있다. '물론 패배하여 죽어가고 있지만, 그래도 자신은 우두머리로서 할 일 은 했다. 그럼, 좋다, 이것으로 끝이다!'와 같이 해석 한다면, 이 편 세상에서의 완결을 보았다는 말이 된 다.

이러한 일반적인 해석과 다르게 다음과 같이 해석할 수도 있다.

그것은 '모두 보았다, 끝까지 지켜보았다'를 '끝까지 지켜본 결과 가망이 없다고 생각해 단념했다'로 해석하는 것이다. 이 세상의 유한함을 단념하고 포기함으로써 저 세상으로 시선을 돌리고 갈구하는 의미가 담겨 있다.

'보아야 할 것은 모두 보았다'라는 문장을 두고 이렇게 두 가지 해석, 즉 '이 세상의 완성, 완결'과 '저 세상에 대한 조망과 기대'라는 해석으로 나눌 수 있다는 것이 '도모모리의 최후' 부분의 재미를 더해주는 요소인 것 같다.

대략 이와 같은 이야기를 한 뒤에 나는 야나기타 씨에게 물어보았다. "이 세상의 완성, 완결과 저 세상으로의 지향은 어떻게 연결되어 있습니까?"

『100만 번 살았던 고양이』의 삶과 죽음의 의미

야나기타 씨는 그 점에 관해 기본적으로 두 가지 이야기를 해주었다. 하나는, 2인칭(당신) 존재의 죽음

을 경험함으로써 '저 세상'에 대한 생각이 바뀌게 된
다는 것 그리고 또 하나는 그림책 『100만 번 살았던
고양이』를 모토로 한 삶과 죽음의 의미에 대해서였
다.

두 번째 이야기부터 생각해보자. 그 전에 한 가지
말해 둘 것이 있다. 이 이야기는 조금 전 나의 질문
에 야나기타 씨가 직접 대답해준 것이 아니라, 내가
일방적으로 연결시켜 해석했다는 것이다.

사노 요코佐野洋子 씨의 그림책 『100만 번 살았던
고양이』에 나온 죽음과 삶의 의미에 관한 이야기와
'색즉시공色卽是空[7]의 이미지에 대한 이야기는 매우
시사적이었다. 야나기타 씨는 다음과 같이 말했다.

나는 어렸을 때부터 '색즉시공'이라는 말을 계속 맘에 걸려
하며 지냈다. 뜻을 명확하게 이해할 수 없는 말이었던 것이
다. 나는 그때까지 『반야심경』에 나오는 '죽으면 저 세상으
로 간다는 말'인 이 말이 막연한 '공空의 세계로 돌아가는
것'이라고 이해하고 있었다. 그러나 『100만 번 살았던 고양
이』를 읽고 나서 좀 다른 깨달음을 얻게 되었다.

---

7 색즉시공色卽是空 : 현실의 물질적 존재는 모두 인연에 따라 만들어진 것으로서 불
　변하는 고유의 존재성이 없음을 이르는 말. 반야심경에 나오는 말. - 옮긴이

널리 알려져 있는 이 그림책의 줄거리는 다음과 같다.

100만 번 죽었다가 100만 번 다시 살아난 한 고양이가 있었다. 그러던 어느 날 그 고양이는 암고양이와 사랑에 빠져 새끼를 여럿 낳았다. 그러나 암고양이가 죽어버렸고, 이에 슬픔에 빠진 고양이는 밤새도록 울다가 결국 죽어버렸다. 그리고 다시는 되살아나지 못했다.

그림책의 끝부분에는 이름 없는 들꽃과 풀숲이 가득한 풍경이 그려져 있다. 야나기타 씨는 그 마지막 풍경이 자신이 늘 궁금해 했던 '색즉시공'의 이미지와 딱 맞아 떨어진다고 느꼈다.

여기서 조금 전 질문에 대한 한 가지 대답을 얻을 수 있다. 야나기타 씨는 수고양이가 진정한 사랑을 알게 되면서, 진정한 생명체가 되었기 때문에 생명체에게 평등하게 찾아오는 죽음도 얻게 된 것이 아니겠느냐고 말했다. 즉 그 수고양이는 이 세상에서 진짜의 삶을 살았던 것이고, 그 삶은 정직한 것이었기 때문에 다시 태어나지 못했던 것이다.

그리고 그 정직한 삶은 모두 사라진 것이 아니라 이미 '현세를 살아가는 자의 눈에는 보이지 않는 순

화된 정신(혼이라 부를 수 있는 것)이 사는 공간'(야나기타, 2006)으로 옮겨 갔다는 것이다. 즉 마지막의 이름 없는 들꽃과 풀숲이 가득한 풍경은 이 세상의 삶이 완결되는 장소이자 혼이 깃드는 저 편 세상의 공간이 이미지화 된 것이기도 하다. 야나기타 씨가 쓴 『'죽음의 의학'으로의 서장「死の医学」への序章』에는, 루터(1483~1546)의 말이 아래와 같이 인용되어 있다.

내일 지구가 멸망하더라도, 나는 한 그루의 사과나무를 심겠다.

이 말의 원래 의미는 나와 지구가 멸망하더라도, 이 쪽 세계에서 할 일을 계속 성취하기 위해 사과나무를 심겠다는 의미이다. 하지만 야나기타 씨는 루터가 저 편의 세계에서 이어서 할 일을 언급한 것일 수도 있다는 의미로 이 글을 인용했다.

'모든 종에 있어서 완전한 것은 그 종을 초월한다'라는 괴테(1749~1832)의 말과도 유사한 면이 있다. 이곳에서 완결, 완성을 했다는 것은 또 다른 곳으로 한 걸음 내딛었다는 의미도 되며, 저 쪽 세상과 연결된다는 의미로도 해석할 수 있다.

2인칭의 죽음과 '저 편 세계'

'저 편 세계'란 어디에 있는 것일까

야나기타 씨의 또 다른 대답(이라기보다 조금 전 질문에 대한 직접적인 대답이다)은 2인칭(당신)의 죽음을 경험함으로써 저 편 세상에 대한 나의 가치관이 변하게 된다는 것이었다.

야나기타 씨의 말에 의하면, 1인칭(나)의 죽음은 '자신이 어디로 가는 걸까'를 생각하는 이기적인 감각이고, 거기에는 자기 자신밖에 없다. 그러나 2인칭의 죽음은 경험함과 동시에 자기 안에 녹아드는 2인칭의 존재감과 더불어 여러 감정을 느끼게 된다. 죽은 자녀나 부모는 내 안에 있다. 즉 내 자신이 '저 편 세계'가 되어버리는 것이다.

'(죽은 자가 어디 있을까 하고) 문을 열어보니, 거기에는 내가 있었다'와 같은 (야나기타 씨의) 기술도 심포지엄 보고집에 실려 있다.

야나기타 씨의 대답은 미야자와 겐지宮沢賢治(1896~1933)나 니시다 기타로西田幾多郎(1870~1945)가 파악했던 '2인칭의 죽음'을 떠올리게 한다.

먼저 미야자와 겐지의 경험부터 알아보자. 그는 가장 사랑하는 여동생 도시가 죽었을 때, 한동안 아무것도 생각할 수 없었고, 또 생각하지 않으려 했다. 그러나 반년 정도 지났을 무렵에는 반대로 그 죽음, 도시가 죽은 사실, 그 자체만을 생각해내려고 했다.

생각해 내지 않으면 안 되는 것은
어떻게 해서라도 생각해 내지 않으면 안 된다
모두들 도시에게 '죽은 자'라는 이름을 붙였다
그 방법을 따라가 보아도
도시가 어디까지 가 버렸는지 알 수 없다
아마 이곳에서는 이해할 수 없겠지
느낄 수 없는 것을 느끼려고 할 때에는
누구라도 빙글빙글 어지러울 뿐

〈아오모리반카青森挽歌〉

'모두들 도시에게 '죽은 자'라는 이름을 붙이는 것'은 단순히 죽음을 일컫기만 하는 것. 겐지는 이 방법을 통해 죽음의 '개념'을 3인칭화 한 것이 아니다. 동서同書의 다음 내용을 보면 그 점을 알 수 있다.

> 느낌이 너무나 생소하고 새로울 때 / 그것을 개념화하고자 하는 인간의 행위는 / 미치지 않기 위한 / 생물체의 자위작용일지라도 / 언젠가는 반드시 해야 한다(同)[8]

겐지는 필사의 각오를 다진 채 죽음을 생각해보았다. 그 누구도 아닌 사랑하는 도시가 죽어갔던 길을 따라가 보는 것 그리고 그 끝을 그 누구도 아닌 내가 '생각'하겠다는 것이다.

또 그것은 단순히 머리로 생각하는 것이 아니었다. 필사적인 바람과 기원을 포함해, 감정과 의지, 신앙, 꿈과 환상, 그러한 것들을 모두 동원하여 이 세상의 공간과는 다른 차원으로 향한 영위였던 것이다. 그 때문에 그는 당연히 '누구라도 빙글빙글 어지럽게'

---

8 생소한 느낌을 '개념화'하는 행위는 생물체가 미치지 않기 위해 하는 자위작용일 뿐이다. 그러나 개념화 하지 않고 언제까지나 그 느낌을 가지고 있을 수만은 없다라는 뜻. ─옮긴이

된다고 말했다. '빙글빙글' 돌면서도 어쨌든 그 죽음
을 생각해내려 한 것이다.

구체적으로 겐지는 아오모리, 홋카이도, 오오츠크
해로 여행을 하며, 일련의 반카(만가)를 지음으로써
생각에 생각을 거듭했다. 도시(여동생)가 떠나버린 죽
음의 세계란 겐지에게 다음과 같은 이미지였다.

새롭게 상쾌한 감각기관을 느끼고
……빛나게 희미하게 웃으며
……대순환의 바람보다 상쾌하게 올라갔다

또는

아황산가스와 질소의 냄새
그 녀석은 그 안에서 새파랗게 질려 서 있고
서 있는지, 비틀거리는지 모르게
……혼자서 애원하고 있는지도 모른다

이중 어느 생각이 옳고 그른지는 중요하지 않다.
'저 세계'에 대한 이미지는 모두 겐지가 어떻게 생각
해내는가에 달렸었다. 그는 '새파랗게 질려 서 있

고…'와 같은 부정적인 이미지가 떠오를 때마다 '이러한 생각은, 모두 밤夜 때문에 생기는 것이다'라며 반문, 자책하기도 했다. 어떻게든 좋은 곳에 가기를 기원하며 계속 생각하려 했던 것이다.(이상, 아오모리 반카) 도시가 죽어 떠나간 곳은 겐지가 생각해낸 세계이자, 야나기타 씨가 말했던 '2인칭 세계가 품고 있는 저 세계'이기도 하다.

죽음을 애도한다는 것은

니시다 기타로는 사랑하는 딸을 잃었을 때 이렇게 말했다.

사람들은 죽은 자는 아무리 불러도 돌아오지 않으므로 마음을 닫아버리라고, 잊어버리라고 말한다. 그러나 그것은 부모에게 견딜 수 없는 고통이다. … 어떻게 해서든 잊고 싶지 않고, 어떤 기록으로든 남겨주고 싶으며, 적어도 나의 일생동안은 기억해주고자 하는 것이 부모의 성의이다. … 때때로 추억하는 것이 최소한의 위로요, 죽은 자에 대한 정성인 것이다. 고통이라 하면 고통이겠지만, 부모는 그 고통

이 사라지지 않기를 바란다.　　　　　『사색과 체험思索と体験』

　떠올려 주고 싶다는 것은 부모가 '자기 위로'에 멈추지 않고, 고통이라 할지라도 죽은 자를 받아들이고픈 마음이다. 그것이 '죽은 자에 대한 정성'이며 '성의'인 것이다.

　'죽음을 애도하다'에 해당하는 일본어는 '도무라우弔う'이다. 이는 '묻다問う(도우)'와 '방문하다訪う(도우)'에서 온 것이다. 죽은 자의 세계를 방문하여 죽은 자의 생각을 물음을 의미한다. 상가에서 밤을 새며, 죽은 사람이 어떤 사람이었는지를 화제로 삼는 것도 그러한 행동이다. 49제나 '~주기'에서도 그 일은 반복되는데, 야나기타 씨의 화법을 빌려 말하자면 죽어가는 자나 죽은 자의 이야기를 들어주고, 그것을 정리하여 '이야기'로 만들어주는 것이다. 또한 히로이 씨의 생각을 빌려 말하자면 '죽은 자에 대한 케어'이기도 하다.

　노能, 요쿄쿠謡曲라고 불리는 일본을 대표하는 전통극에서도 같은 점을 찾을 수가 있다.

　노能의 이야기 흐름은 대개 다음과 같다. 주인공(시테)은 생전에 어쩔 수 없는 슬픔과 고통을 겪은 채로 죽어, 성불이 되지 못하고 망령이 된 자이다. 그러한 망령이 있는 곳에 상대역(와키) 주승이 찾아간다. 그리고 마지막은 망자의 생각을 듣고 재현하는 식으로 끝난다. 그 재현은 보통 와키의 꿈 속 사건으로 표현된다. 와키가 꿈을 꾸면, 그 꿈속에서 망자의 세계가 펼쳐진다. 이것도 역시 야나기타 씨가 말한 것처럼 죽은 자의 '저 편 세계'는 '애도하는 자' 안에 있음을 드러내 주지 않는가.

'사요나라'로서의 아멘

인생을 정리하며 '그렇다면'

'죽음의 임상과 사생관' 심포지엄에서는 이 외에도 모리오카 마사히로 씨가 그의 지론인 '무통문명론無痛文明論'을 바탕으로 사후 세계를 믿지 못하는 사람의 사생관도 충분히 있을 만한 것임을 논했고, 와카바야시 가즈미 씨는 '죽음을 슬퍼하는 힘의 재평가'에 대해 말했다. 또 '사생학의 구축' 프로젝트 주최로 '죽음의 임상을 지지하는 것'이라는 심포지엄이 열렸다(2006, 패널리스트는 시한부의료가인 오이 겐大井 玄 씨, 평론가인 세리자와 슌스케芹沢俊介 씨, 작가인 다구치 랜디田口 씨, 종교학 전문가인 시마조노 스스무島薗進 씨, 사회는 다케우치). 더 자세한 내용은 시리즈 『사생학死生學』 제1권 『사

생학이란 무엇인가死生学とは何か』에 정리해 두었으므로, 관심이 있다면 읽어보기 바란다. 2장의 내용은 그 책에 실린 논문을 바탕으로 하고 있다.

그러면 다시 한 번 '사요나라'의 측면에서 문제를 살펴보자. 살펴 본 내용 중, 특히 확인해 두고 싶은 점이 두 가지가 있다. 하나는, 죽음을 앞두고 인생을 정리하려고 할 때 죽음을 받아들이기 수월하게 하는 과정이다. 야나기타 씨가 제안한 '죽음의 이야기를 만드는' 것은 문자 그대로 지난 인생이 '그렇다면'의 '그렇다'를 이야기화한 것이라 생각한다. 그리고 또 하나는 전자에서 정리한 '이 세상'이 저 세상(어떠한 세계인지는 보류)으로 이어질지도 모른다는 것과 같은 사고방식이다.

덧붙여 '보아야 할 것은 모두 보았다, 이제는 자결하겠다'는 말의 '이제는'은 지금까지의 인생을 정리하고 다가오는 미래를 연결하는 말로, '이렇게 된 지금은 ~하자'와 같은 의미이다. 거의 '그렇다면'과 같은 접속사의 역할을 한다(후에 좀 더 자세히 살펴보자).

마사무네 하쿠초의 '죽음의 임상과 사생관'

이야기를 좀 더 진전시키기 위해, 지금부터는 작가인 마사무네 하쿠초正宗白鳥(1879~1962)의 '죽음의 임상과 사생관'에 대해 검토해보겠다. 하쿠초란 인물은 이 책의 주제와 직접적인 관련이 있는 사람이다(이 책뿐 아니라 다른 곳에서도 여러 번 언급했다). 그렇다면 이제부터 그에게서 볼 수 있는 전형적인 일본인의 사생관과 일반적인 경향에 대해 다시 알아보자.

마사무네 하쿠초는 '죽음을 생각하는 것'을 계속 주제로 삼아 온 문학자이다. '죽음이란 무엇인가, 사람은 죽으면 어떻게 되는 것인가, 또 그러한 죽음을 좋든 싫든 받아들일 수밖에 없는 사람의 삶이란 무엇일까, 왜 사는가'와 같은 질문(만이라고 해도 좋을 정도)을 계속 생각해 온 작가이다. 『마사무네 하쿠초전집正宗白鳥全集』(후쿠타케서점福武書店)은 30권에 달하는 방대한 분량으로 그의 집요한 탐구의 흔적이라고 할 수 있다.

그는 톨스토이의 『이완, 일리치의 죽음』에 근거해 수상록을 썼다. 그 수상록에서 알 수 있는 점은 다음과 같다. 하쿠초는 죽음이라는 문제를 정면에 두고,

'그 진실을 좇아가 참된 곳에 다다른 결말의 사상'을 추구했다. 속임수, 얼버무림, 위로의 말은 없앤 채 죽음의 진실과 '참된 곳'에 달한 그 '결말의 사상'을 획득하기를 원했던 것이다.

그는 과격하리만치 '진실'이나 '진짜'를 추구했으며, '이것도 재미없고, 저것도 재미없다', '거짓부리다, 속임수다'라는 식으로 냉철하게 부정을 거듭했다. 그 결과 다음과 같은 결론을 얻는 데 그쳤다.

인간은 죽으면 그뿐 자기 자신이 사라지면 모든 인간도, 모든 세계도, 모든 우주도, 깡그리 사라진다는 것이 유일한 진실이다. 『인간혐오人間嫌い』

이처럼 과격한 글을 쓴 탓에 그는 '일본을 대표하는 허무주의자'로도 불렸는데, 그런 하쿠초가 죽음을 앞두고 '아멘'이라고 기도하고 죽은 사실이 알려지자 당시 사람들은 매우 놀랐다. '뇌세포의 장애를 일으켜, 뇌경화증과 같은 증상 때문에 '아멘'이라고 기도한 것에 지나지 않는다'(후나바시 세이치船橋聖一, 『예스맨과 하쿠초イエスマンと白鳥』)와 같은 비판도 있었지만, 그러나 그것은 절대로 이제까지의 그의 사상을 단절하

는 행동이 아니었다. 하쿠초 나름의 결론을 낸 '사생관'의 표현이었기 때문이다.

'내일 일을 염려 말라 한날 괴로움은 그날에 족하니라'

　말년에 하쿠초는 다음과 같은 글을 썼다.

　어느 방면에서든 진실을 철저히 아는 것이 인간의 행복이라 할 수 있을까. 오늘처럼 상쾌한 가을 풍경에 심취해 기분 좋게 살아가는 것도, 내일을 모르기에 가능하다고도 한다. '내일 일을 염려 말라 한날 괴로움은 그날에 족하니라'라는 성경 구절도 소극적인 대처방법이기는 하나, 의미심장한 말이다.　　　　　　　　　　　　　　　　　　　　『슈후키秋風紀』

　이 글은 명백하게 '진실을 좇아가, 참된 곳에 달한 결말의 사상'을 추구하고 있지는 않은 것처럼 보인다. '진실을 철저하게 다 아는 것'이 인간의 행복인지 어떤지는 일단 보류되어 있다. 이 글보다 조금 전에 쓴 『우치무라간조잣칸內村鑑三雜感』 장편평론에서도 앞서 예로 든 성경구절이 인용되어 있다.

우치무라 간조内村鑑三(1861~1930)[9]가 중병에 걸렸을 때였다. 신자들은 아무도 병문안을 가지 않았다. 우치무라와 같은 대스승은 인생을 너무나 잘 알고 있기에 평범한 신도들이 위로의 말을 한다는 것 자체가 무례라고 생각했기 때문이다. 우치무라가 쓸쓸해하고 있을 때, 한 나이 많은 자매가 방문해서 위로해 주었고, 그는 정말 큰 위로를 받았다고 한다. 이런 우치무라의 일기를 읽고 '예언자도, 선각자도 아닌 평범한 사람凡人 우치무라에게 친근함을 느꼈다.'

인간은 누구라도 자신이 겪지 않은 일은 알 수 없다. 죽음에 이르는 길은 죽음에 이르러서야 알 수 있으며 아무리 훌륭한 대스승이라도 이를 미리 알 수는 없다. 우치무라 전집 중 마지막 부분의 일기, 감상, 고백을 읽었을 때, 나는 새삼스레 인생의 해결이 불가능한 범위를 생각하게 되었다. 인생의 스승이라 불리었던 우치무라 간조 선생도 고희의 나이까지 이러한 평범한 진리를 깨닫지 못했던 것일까……. 자신이 경험하지 않은 일은 결국 해결할 수 없는 것이다.

『우치무라간조잣칸内村鑑三雜感』

---

9 우치무라 간조内村鑑三(1861년 3월 26일~1930년 3월 28일) : 일본의 기독교 사상가이다. 서구적인 기독교가 아닌, 일본인들에게 말씀하시는 하느님의 가르침, 즉 일본적인 기독교를 찾고자 한 사상가로 평가받는다. ─옮긴이

여기에서도 하쿠초는 '진실을 좇아가 참된 곳에 달한 결말의 사상'을 추구하고 있지 않는 것처럼 보인다. '진실을 추구하는 것은 어차피 자기자랑이며, 아는 척하는 것뿐이다', '죽음에 이르는 길은 죽음에 이르러서야 알 수 있다', '자신이 경험하지 않은 일은 결국 해결할 수 없는 것이다' 단지 그것뿐이다. 하쿠초는 이를 매우 '평범한 진실'이라 불렀다.

> 내일의 근심은 내일의 일로 체념하고, 한날의 괴로움은 그날로 끝내는 것밖에는 어쩔 수 없다는 생각이 들었다. 왜 사는가에 대한 태도를 이 말로 정리하는 것이 좋을지도 모른다(同).
>
> (일본어 '諦める'와 '明らめる'는 둘 다 발음이 '아키라메루'이다. 전자는 '단념하다, 체념하다'라는 뜻이고 후자는 '밝히다, 분명히 하다'라는 뜻이다.―옮긴이)

하쿠초가 말한 것은 일종의 '諦'이다. 원래의 의미 '明'이 아니다. '분명히 밝힐 수 없다'라는 것을 알게 되었고, 어쩔 수 없다는 '체념'인 것이다. 그러나 동시에 그것은, 우리들은 더 이상 '분명히 밝힐 수 없음'을 '분명히 했다'는 의미도 된다.(明) 좋든 싫든 자

신의 혹은 인간의 능력의 한계를 인정하는 것이기도
하다. 스스로를 '평범한 사람凡人'으로서 인정할 때
처음으로 알게 되는 '평범한 진리'로서의 '체념'이다.

**오늘을 살아가다 보면, 내일은 또 하나의 빛이 비치지 않을
까?**

　성경의 '내일 일을 염려 말라, 한날 괴로움은 그날
에 족하니라'라는 구절에서 '염려'는 신에 대한 믿음,
복종의 자리를 빼앗는 부정적인 의미로 쓰이고 있다.
신을 절대적으로 믿고 신에게 복종함으로써 비로소
'오늘'이 '오늘'로서 긍정적인 의미를 가지게 되는 것
이다(세키네 마사오関根正雄, 이토 스스무伊藤進 『마태복음서
강의マタイ福音書の講義』).
　그렇기 때문에 조금 전 언급한 '체념'이 '내일 일
을 염려 말라, 한날 괴로움은 그날에 족하니라' 성구
의 문맥과 뉘앙스가 다르다는 것은 말할 것도 없다.
그러나 죽음은 자신에게는 '이해되지 않는 것'이면서
그 이해되지 않는 '무언가'에 몸을 바치는 것을 가능
하게 한 것이 '체념'이기에 적어도 하쿠초는 마지막

에 '아멘'이라고 말했던 것이다. 죽기 바로 얼마 전 강연에서 하쿠초는 이렇게 말했다.

'그러나, 지금을 살아가고, 오늘을 살아가다 보면 내일은 또 하나의 빛이 비치지 않을까. … 결국 세계는 이대로 좋지 않은가. … 혼자서 잘난 척하지 않고, 평범한 사람이 될 때 진정한 천국의 빛이 비추게 되지 않을까'라고 생각할 때가 있습니다.
『문학생활의 60년文学生活の六十年』

그는 '내일이란 사후의 일이다. 경험하지 않은 것은 알 수 없다, 알 수 없는 것은 알 수 없다'라고 생각하는 '평범한 사람'이 되기를 강조했다. '오늘을 살아가다 보면, 내일은 또 하나의 빛이 비치지 않을까'라는 말은 '무언가'에 대한 신앙이나 기대로 한 말이었을 것이다.

그 '무언가'에 대한 신앙이 그리스도교였는지의 여부는 알 수 없다. 어쨌든 이러한 하쿠초의 모습에서 모토오리 노리나가本居宣長(1730~1801, 인간의 지혜로는 알 수 없는 죽음에 대한 추측이나 아는 체를 버리고, 신이 정하신 죽음에 기꺼이 따르려 했음)나 신란親鸞(1173~1262, 평범한 사람으로서 스스로의 추측을 일절 버리고 아미타불의 불가사의한 작용에 몸을 맡기려고 했음)을 떠올릴 수 있다.

'아는 척하지 않고 평범한 사람의 입장이 되었을 때 비로소 가능했다.' 이는 마사무네 하쿠초가 말한 최대의 '긍정'의 말이다.

가토 슈이치加藤周一 공저 『'일본인의 사생관日本人の 死生観'』에서는 이와 같은 하쿠초의 죽음을 '대중의 죽음의 수용'으로 보고, 그것을 '응석의 죽음'이라 부르며, 다음과 같이 기술했다. ―하쿠초가 죽음을 대하는 응석어린 감정은 현대 일본인의 대다수가 공유하고 있는 것이라는 점에 주의할 필요가 있다. 그는 스스로 바랐던 것처럼, 삶과 죽음에서 현대 일본인의 거울이었다.― 즉 그 죽음과 삶의 모습은 현대에 살고 있는 우리 자신의 문제이기도 한 것이다.

'사요나라'로서의 아멘

평생, 죽음과 삶의 진실을 알기 위해 노력했던 마사무네 하쿠초는 마지막에 '내일 일을 염려 말라 한 날 괴로움은 그날에 족하니라'라는 말로 그 질문에 대한 답을 내리려고 했다. 그리고 그것은 '오늘을 살

아가다 보면, 내일은 또 하나의 빛이 비치지 않을까'
라는 기대를 포함한 말이기도 했다. 하쿠초의 '죽음
의 임상과 사생관'을 지금까지의 주제와 연결해 말한
다면 '오늘(삶)'이라는 이 편 세계의 확인, 집약에는
'내일(죽음, 사후)이라고 하는 저 편 세계로의 한 걸음
이 이미 포함되어 있다'이다. 오늘이 그렇다고 한다
면 내일도 또한 어떻게든 될 것이라는 '사요나라'의
의미로, 하쿠초는 '아멘'이라는 말을 했다. 또한 거기
에는 '꼭 그래야 한다면'과 같은 불가피不可避의 작용
을 감수하는 '사요나라'의 의미도 충분히 포함하고
있는데, 그 점은 나중에 자세히 살펴볼 것이다.

제3장

일본인의 사생관으로 본 '오늘'의 삶과 '내일'의 죽음

我が死なむずることは今日に明日をつぐことにことならず。

우리가 죽으려고 하는 것은 '오늘'에 '내일'을 연결하는 것과 다르지 않다.

묘에明惠

'이 세상에서 즐겁게 지낸다면'과
'이 세상 일은 이런들 저런들 어떠하리'

'이 세상에서 즐겁게 지낸다면'

  문제의 단서는, 이제까지의 삶을 어떠한 형태로든 정리함으로써 죽음을 받아들이려는 '죽음의 이야기'와 죽음과 사후까지로 사정거리를 연장시킨 뒤, 이야기를 재구축해야 한다는 '죽음의 이야기'를 어떻게 연관시켜 생각하느냐에 달려 있다.

  심포지엄 '죽음의 임상과 사생관' 중 야나기타 구니오柳田邦男 씨의 '이인칭과 저 편 세계' 이야기나, '100만 번 살았던 고양이'에 관한 이야기 그리고 마사무네 하쿠초正宗白鳥의 '죽음의 임상과 사생관' 등을 바탕으로 이해의 가닥을 잡았다고 생각한다. 이번 장에서는 그 문제를 다시 일본인의 사생관 전체 문제로 확대시켜 생각해 보려고 한다.

하쿠초가 사용한 용어를 빌리면, 일본인의 사생관에는 '내일'의 죽음을 의식하면서도 한편으로는 그 '내일'을 보류해 둔 채 '오늘'을 '오늘'로 기분 좋게 살아가려는 발상이 있다. 이러한 생각은 거슬러 올라가 보면 아주 오래 전 만요슈万葉集[10]에서도 엿볼 수 있었다.

この世にし楽しくあらば来む世には虫に鳥にも吾はなりなむ

生ける者つひにも死ぬる者にあればこの世なる間は楽しくをあらな

오토모 다비비토大伴旅人『만요슈万葉集』

『만요슈』 제3권의 오토모 다비비토大伴旅人(665~731)가 지은 '술을 예찬하는 노래酒を讚むる歌'이다. '이 세상에서 즐겁게 살 수 있다면 내세에서 곤충이 되든, 새가 되든 상관없다. 산 자가 반드시 죽는 것이라면 나는 이 세상에 있는 동안에는 즐겁게 살아가고 싶다'는 뜻이다. '내일'은 어찌되었든 '오늘'의 삶을

---

10 만요슈万葉集(만엽집) : 7세기 후반에서 8세기 후반에 걸쳐서 만들어진 책이며, 일본에 현존하는 고대 일본의 가집歌集이다. ─옮긴이

'오늘'의 삶으로 즐기고 싶다는, 또 그 핵심이 바로 '술'이라는 극히 현세주의적인 사생관을 드러내고 있다.

물론 그렇기는 하지만 마루야마 마사오丸山 眞男(1914~1996)도 말했다시피, 마부치眞淵나 노리나가宣長가 상대上代에 가정했던 '느긋한' 현세긍정 그 자체는 아니다. '내세'라는 윤회사상이나 생자필멸生者必滅[11] 같은 인생무상 등의 불교사상과 상충, 상통하는 제한적인 현세긍정이다(마루야마丸山, 1972). 이 점에 대해서는 다음 장에서 자세하게 살펴보겠다.

'이 세상 일은 이런들 저런들 어떠하리'

중고에서 중세로 넘어가면서 무상관·윤회사상이 우세해지자, '이 세상'의 '낙樂'은 오로지 '저 세상'의 '낙'(극락)으로 변해가는 것처럼 보인다.

---

11 생자필멸生者必滅 : 생명이 있는 것은 반드시 죽음. 존재의 무상無常을 이르는 말이다. ─옮긴이

色は匂へど散りぬるを
わが世誰ぞ常ならむ
有爲の奥山今日越えて浅き夢見じ
醉ひもせず

〈이로하우타いろは歌〉

아무리 좋은 향을 풍기며 흐드러지게 핀 꽃이라도 결국은 지고 만다. 이 세상에서 대체 어떤 누가 변함이 없을지언가, 무엇하나 늘 그대로 있는 것은 없다. 그러니 나는 이러한 유위무상有爲無相한 세상을 넘어가리라. 이곳에서 얕은 꿈 따위는 꾸지 않은 채, 취하지도 않은 채로

염리예토12·혼구정토13 사상이 배경이 된 것을 생각해 볼 때 이 시에서 '오늘'은 '내일'로 넘어가기 위한 통과점이다.

ちはやぶる神なび山のもみぢ葉に思ひはかけじ移ろふものを

작자미상 『고킨와카슈古今和歌集』

---

12 염리예토厭離穢土 : 사바세계의 더러움을 싫어하고 불가에 인연 맺는 것을 좋아하는 일. ― 옮긴이
13 혼구정토欣求淨土 : 극락에 왕생하기를 기꺼이 원함. ― 옮긴이

지금 작자는 눈앞에서 불타오르는 듯한 단풍을 보고 있다. 그러나 그것을 바로 앞에 두고 있으면서도 어차피 시들고 말 테니 생각조차 하지 않겠다며 고개를 가로젓고 있다(앞서 나온 '이로하 노래'의 '얕은 꿈 따위는 꾸지 않은 채, 취하지도 않은 채로'라는 부분이다). 그리고 작자의 시선은 이미 이 세상이 아니라, 필시 존재할 극락세계로 넘어간 것처럼 보인다. 문제는 '오늘'이 아니라 '내일'이라는 것이다.

生死無常の有様を思ふに、この世の事はとてもかくても候。
なう後世をたすけたまへ
『이치곤호단—言芳談』

이 세상의 무상함을 생각하니, 이제 이 세상에서의 일들은 아무래도 상관없으며, 어떻게 해서든 내세·후세에서 구원해 달라고 호소하고 있다. '이런들 저런들 어떠하리'라는 말의 어감은 독자적인 뉘앙스를 지니지만 그 안에는 한결같이 '내일'을 바라는 의미가 담겨 있다. '죽음을 재촉하는 마음가짐은 후세에서 구원 받을 제일가는 요소'이며, '일생동안 그저 삶을 멀리할 것'이라는 뜻이다.

삶에서 죽음으로 옮겨간다는 생각은
그릇된 생각이다

삶은 삶이고 죽음은 죽음이다

'내일'의 '낙樂'을 동경한 결과 '오늘'의 일은 '이런들 저런들 상관없다', '생각할 것도 없다'라는 식의 사상이 만들어졌다. 그렇다고 해서 말 그대로 정말 '오늘'을 가볍게 여길 수 있었을까? 아니다. 혹 정말 '오늘'은 '이래도 저래도 상관없다'라고 생각하여 '중요하게' 여기지도 않았다면 다음과 같은 호소도 없었을 것이다.

うき世とは厭ひながらもいかでかはこの世のことを思ひすつ
べき14   『이즈미시키부슈和泉式部集』

---

14 괴로운 이 세상을 싫어하면서도, 이 세상에 대한 생각을 버릴 수 없음을 노래하

'내일'에 대한 동경과 '오늘'을 소중히 여기는 마음이 부딪혀도 어떻게든 이끌어가고자 하는 것이 바로 인간의 모습인 것이다. '어차피 시들고 말 단풍, 생각조차 않겠다', '이런들 저런들 어떠하리'라는 표현이야말로 지금 여기에서 살아가고 있음을 소중히 여기는 마음이 표현되어 있다고 볼 수도 있다. 혹은 이 시대의 문학과 사상은 어떤 의미로는 '내일'과 '오늘'에 대한 가치관이 자리 잡지 못하고 끊임없이 변화해왔던 유동적 시기를 나타내는 증거라고도 할 수 있다(이러한 문제에 대해서는 조금씩 관점이 다르나, 『덧없음과 일본인 「はかなさ」と日本人』(다케우치, 2007)에서 자세하게 검토했다. 관심이 있는 사람은 참조하기를 바란다).

중세에도 위와 같은 정토교淨土敎[15]사상을 반대하는 다양한 사상이 있었다. 선禪사상도 그중 하나인데, 예를 들면 도겐道元(1200~1253)은 이러한 사생관을 설파했다.

고 있다. ─옮긴이

15 정토교淨土敎 : 정토문의 교법. 이승에서 염불을 하여 아미타불의 구원을 얻어 극락 정토에 왕생했다가 다시 사바세계에 나서 중생을 구제하기를 발원한다. ─옮긴이

生より死にうつるとこころうるは、これあやまりなり。……生
といふときは生よりほかにものもなく、滅といふときは滅よ
りほかにものもなし。　　　　　　　　　　　『쇼보겐조正法眼蔵』

　삶에서 죽음으로 옮겨간다고 생각하는 것은 그릇된
것이다. 삶과 죽음은 제각기 절대적이라는 뜻이다.
예를 들어 도겐은 장작이 재가 되는 것이 아니라, 장
작은 장작이고 재는 재이며 각각 절대적 의미·위치
를 가진다고 설명했다.

　즉 '재는 이후, 장작은 이전의 것이라고 고집해서
는 안 된다'라는 말이다.

　도겐 사상의 '지관타좌只管打坐[16]'·'수중일여修證一
如[17]' 같은 독자적인 생각도 같은 발상을 기초로 한
다. '지관'이란 '오로지'라는 의미이므로 '지관타좌'는
오로지 좌선하라는 뜻이다. 그저 오직 좌선을 하는
그 자체에 의미가 있다. 수행과 그 증거는 일체라는
뜻의 '수중일여'는 더욱 명확하게 절대적 의미의 중
요성을 강조한다. 일반적으로 생각하는 수행을 하여

---

16 지관타좌只管打坐 : 잡념을 조금도 두지 않고 오직 성성적적한 마음으로 좌선하는
　것. 오직 앉아 있을 뿐.─옮긴이
17 수중일여修證─如 : 깨달음과 수행이 표리일체가 된 것.─옮긴이

그 증거로써 깨달음을 얻게 된다는 것은 잘못된 생각이라는 것이다. '발심發心[18]'하여 '정좌', 즉 그렇게 오로지 앉아서 하는 수행 이외에는 증거가 있을 수 없다는 말이다.

'전후제단前後際斷'이라는 말은 무엇보다 '오늘'을 '내일'에게 바친다고 생각하는 정토교적인 사고방식에 바탕을 둔 '오늘'을 '오늘'로 만전을 기울여 살아가고자 하는 발상이라 할 수 있을 것이다.

무료함을 즐기다

중세로 접어들고 시간이 흐르면서 '저 세상'에 대한 리얼리티가 약해지자, 다시 '오늘'을 '오늘'로 소중히 여기며 즐겨야 한다는 주장이 제기되었다.

요시다 겐코吉田兼好(1283년 경~1352년 이후)의 『쓰레즈레구사徒然草』는 '이치곤호단一言芳談'에서 문장 몇 개를 인용하여 공감할 만하다고 평가했으나, '이치곤호단'처럼 '내일(죽음)'을 향한 추진력은 보이지 않는다.

---

18 발심發心 : 불도의 깨달음을 얻기 위해 마음을 일으키는 일, 어떤 일을 하기로 마음먹음. ─옮긴이

이를테면 적극적인 모습은 없는데다, 설렁설렁한 태도로 이 세상의 무료한 '오늘'을 즐긴다. 그렇다고 해서 '쓰레즈레구사'에 무상관無常觀이 부족한 것은 아니다. 오히려 이 책에는 무상관이 한층 강하게 녹아 있다.

─봄이 가고 여름이 오는 것이 아니다. 이미 봄 안에는 '여름의 기운'이 깃들어 있으며, 그 기운이 가득 차오르는 순간 여름이 된다. 또 여름은 하늘이 점차 높아지고 공기가 청명해지다가 어느샌가 가을이 된다. 우리의 생로병사도 이와 마찬가지이다. 삶이 존재하다가 그 삶이 끝났을 때 그 저편에 죽음이 있는 것이 아니라, 봄 안에서 벌써 여름이 시작된 것처럼, 삶이 시작되었을 때에는 벌써 죽음도 시작되어 있다. 그나마 자연의 변천에는 여전히 '순서'라는 섭리가 있지만, 우리의 죽음은 순서가 없다.

死は前よりしも来たらず。かねてうしろに迫れり。

해석해보면 '죽음이란 앞에 있으며, 언젠가 죽는 것이 아니다', '이미 등 뒤에 와 있는 것'이라는 의미이다. 봄날의 눈사람이 아래쪽에서부터 점점 녹아내리듯이, 우리가 살아가는 것도 이미 죽어가고 있는 과정이라고 설명하고 있다.

그러한 엄격한 무상관을 주장했기 때문에 역설적으로 '무료한' 삶의 방식을 제시한 것이다. 무료하다는 것은 일종의 공백 상황이다. 따로 할 일이 없어서 심심하고 한가한 모양을 말한다. 겐코가 부정하는 것은 어떤 목표·목적을 먼저 정하고, 그 목적이 이루어질 장래를 기다리는 삶, 그 목적을 위해 현재를 수단으로 이용하는 삶이다.

가령, 좋은 대학에 가기 위해 열심히 공부해서 합격했다고 치자. 그 대학에 들어가면 또 열심히 노력해서 좋은 회사에 취직하려고 한다. 이렇게 다음, 또 그 다음 목적을 설정하여 노력하는 상황이 계속해서 이어진다(현세의 삶 전체를 후세의 안락함을 위해 바치는 정토교 사상도 나온다).

겐코가 말하는 '무료함'이란 목적이 없는 상태, 바꿔 말해 하고 싶은 일을 하는 것이다. '내일'의 목적을 위해 '오늘'의 자신을 수단으로 전락시키지 않는 자유스러움이다. 꽃놀이를 가고 싶으면 가고, 경마를 보고 싶으면 보러 가면 된다. 무언가를 쓰고 싶으면 쓰면 된다. 즉 목적이 없는 '무료함'이란 지금 하고 있는 일 자체가 목적이 되는 상태를 말한다. 그것은 실로 '오늘'을 '오늘'로 즐기는 삶이라 할 수 있다.

'간긴슈閑吟集' · '하가쿠레葉隱'에서의 생사관

무로마치室町시대가 끝나갈 무렵에 서민들의 노래를 모아 만든 『간긴슈』라는 가요집이 있다. 이 가요집에서 '오늘을 오늘로 즐기는 양상'을 더 확실하게 확인할 수 있다.

- ただ人は情あれ　夢の夢の夢の昨日は今日の古へ　今日は明日の昔
- 一期は夢よ　ただ狂へ

'어제'는 '오늘'의 '옛날'이다. 마찬가지로 '오늘'은 '내일'의 시각으로 봤을 때 어차피 금방 사라질 '옛날'이다. 즉 살아 있다는 것은 모두 꿈이며, '꿈속의 꿈속의 꿈' 같은 세상이라는 뜻이다. 허나 그렇다고 해서 그들이 어딘가 꿈같은 세상을 가정하고 있는 것은 아니다. 모든 것이 꿈이라는 사실을 아는 가운데 그 꿈속에서 '그저 정이 있을 뿐이어라', '그저 몰두하여라' 하고 노래하고 있다.

石の下の蛤 施我今世楽せいと鳴く

사람의 눈에 띄지 않는 돌 밑에서 인내하고 있는 대합이 부처가 되고 싶어 비는 이야기는 여러 설화에 등장한다. 그런데 '대합 이야기'를 소재로 지은 이 노래는 자신에게 현세의 즐거움을 베푼다는 뜻으로서 내세·후세가 아닌 현세의 '낙樂'을 요구하고 있다. 저 세상이 아니라 이 세상, '내일'이 아니라 '오늘'의 즐거움을 바라는 것이다.

또한 『간긴슈』가 나온 지 100년 후인 에도江戸·겐로쿠元禄시대에 지어진 『하가쿠레』에서도 마찬가지의 사생관이 이어져 온 것을 확인할 수 있다.

武士道と云ふは死ぬことと見つけたり

위 문장에 따르면 무사도에게 역설적인 삶(죽음)을 권하는 것을 알 수 있다. 무사가 가장 중시했던 명예나 수치심 같은 윤리는 철저히 이 세상의 모습이었다. 일반적으로 무사는 내세의 삶을 정열적으로 갈구하지 않았다. 오로지 이 세상의 공동체 속에서 살다가는 것이 '죽음'의 실질적인 의미이다. 할복자살도 어디까지나 남겨진 사람들과 공동체를 향해 하는 것이며 미래에 그 시선을 두지 않는다.

현대 이슬람의 자살폭탄 테러는 '일본적군'을 통한 무사도적인 특공사상이 수출된 사례로 일컬어지는데, 이 점과는 많이 다르다. 이슬람 원리주의자들이 자폭을 하는 이유는 신과 그 신이 심판하는 삶을 확실히 규명하기 위해서였다. 할복한 무사들이나 특공부대의 자결은 절대 행복한 내세로 가기 위한 '티켓'이 아니었다.

죽음이란 '오늘에 내일을 잇는 연결고리'

'내일'을 향한 '오늘'에서 구원을 찾은 신란親鸞

지금까지 우리는 일본인의 사생관에서 '내일'의 죽음을 의식하면서도 오히려 그 '내일'을 판단하기를 보류하고, '오늘'을 '오늘'로서 살아가려고 하는 발상이 계속 이어져 왔다는 것을 알아보았다.

하지만 그것은 '내일'을 완전히 무시하고 '오늘'만을 살아간다는 의미와는 조금 다르다. 아무리 '이 세상에서 즐겁게 살 수 있다면, 나는 다음 생에는 곤충이나 새가 될 것이다'라고 노래해도 그렇게 노래하면 할수록 '내세'를 의식하고 있었음을 엿볼 수 있다. 또 무엇보다 내일이 오기에 꿈을 꾸지도, 취하지도 않겠다며 '내일'을 향한 동경을 노래했던 '이로하우타[19]'는, 천 년이 넘는 세월 동안 일본의 알파벳 노래로 이어져 내려왔다. 그래서 우리에게 더욱 친근한 노래이다.

정토교는 단적으로 '내일'을 향한 동경을 가르치는 불교로, 일본 정토교에 가장 큰 영향력을 가진 사상가로 신란親鸞을 꼽을 수 있다. 그러나 정토진종淨土眞宗의 가르침은, 극단적으로 말하자면 '내일'의 사후세계가 아닌 살아생전의 '오늘'의 세계에 구원 받을 것을 설파한 사상이라고 할 수 있다. 정토교의 '정토淨土'란 저 편의 세계, 즉 '내일'을 의미하는 것이지만, 그와 동시에 새삼 현세를 현세로서 보기 시작했다는 의미이다.

弥陀の哲願不思議にたすけられまゐらせて、往生をばとぐる
なりと信じて念仏申さんとおもひたつこころのおこるとき、
すなはち摂取不捨の利益にあづけしめたまふなり。

『단니쇼歎異抄』

해석해보면 '불가사의한 아미타의 도움을 받아 왕생(정토에 가서 다시 태어남)할 수 있다'고 믿고 염불을 외우려 할 때, 그 순간 이미 우리는 구원 받아 결코 버림 받지 않는 신불의 은혜御利益를 받는다는 뜻이다. 사후 세계에 가서 구원 받는 것이 아니라, 현세에서 확실하게 '섭취불사20의 이익摂取不捨の利益'을 받을 수 있다는 것이다. 이를 믿고 염불을 외우는 사람은 비록 육체가 번뇌에 휩싸여 있으나 마음 자체는 '여래如来21와 같아'진다고 가르치고 있다. 이는 이 세상에서 진정 부처가 될 것이라고 정해진 사람들(정정취正定聚)의 무리에 속할 수 있다는 의미이다.

　일본의 사상가로서 신란을 가장 높이 평가하는 요시모토 다카아키吉本隆明 씨는 어느 책에서 실시한 조사에서 '종교 혹은 세평을 통해 유포되어 온 '사후세계'의 존재에 대해 어떻게 생각하는가?'라는 질문에 이렇게 대답했다.

　'사후세계' 같은 게 있을 리가 없지요. 이를 깨달아 처음으

20　섭취불사摂取不捨 : 부처의 지혜와 자비가 고통 받는 중생을 하나도 버리지 아니하고 모두 받아들여 구제하는 일. - 옮긴이
21　여래如来 : 부처의 10가지 명호 중의 하나. - 옮긴이

로 사상화한 종교인은 신란이라고 생각합니다.

『인간과 죽음人間と死』

극단적인 발언이기는 하나, 확실히 신란사상의 이러한 경향을 인정할 수는 있다. 물론 정토교인 만큼 신란의 글 중에는 사후에 저 편 세계로 왕생한다든가 혹은 안 한다와 같은 표현이 나오고, 시대적으로도 그런 사상이 당연하다고 여겨졌다. 어쨌든 그 이전까지의 정토교와 다른 신란사상(정토진종)의 핵심은 단순히 '내일' 자체가 아닌 '내일'을 향한 '오늘'의 구원에 있었다고 하는 점이다.

죽음이란 '오늘에 이어 내일이 계속되는 것과 다름없다'

신란의 스승인 호넨法然(1133~1212)의 다음과 같은 사생관에서도 같은 부분을 지적할 수 있다.

生けらば念仏の功つもり、死ならば浄土へまいりなん。とてもかくても此身には、思ひ煩ふ事ぞなきと思ひぬれば死生ともに煩ひなし。

『つねに仰せられける御詞』

여기서도 '내일'의 죽음이나 사후세계에만 중점을 둔 것이 아니다. 그야말로 '삶과 죽음 모두 괴로운 것이 아니다[22]'는 의미가 담겨 있다. 하쿠초白鳥가 말년에 인용한 '내일 일을 염려 말라. 한날의 괴로움은 그날로 족하니라'라는 표현에 가까운 내용이다. 그런데 호넨의 정토교를 격렬히 비판한 한 사람으로 화엄종華嚴宗의 묘에明惠(1173~1232)가 있다. 묘에는, 현세에서 제대로 노력만 하면 반드시 올바른 불법仏法을 만날 수 있다고 생각했고, 호넨의 사고방식은 그러한 노력을 포기하는 것이라고 여겼다.

> 我は後世たすからんといふ者にあらず。ただ現世、先ずあるべきやうにてあらんといふ者なり。　　　　　　『덴키伝記』

후세에 구원 받으면 그만인 것이 아니라, 지금 이곳, 현세에서 '마땅히 있어야 하는 모습'으로 살아야 한다고 주장한다. 그러나 묘에가 죽음을 맞이하여, 다음과 같은 사생관을 언급한 점은 세간으로부터 많은 주목을 받았다.

---

22 살아 있으면 염불의 공적을 쌓을 수 있고, 죽으면 정토에 갈 수 있다. ─옮긴이

我が死なむずることは、今日に明日をつぐことにことならず。 　　　　　　　　　　　　　　　　　　　　　　　　　　『교조키行状記』

　우리가 죽으려고 하는 것은 '오늘'에 '내일'을 연결하는 행위, 다름 아닌 그것이다. ─죽음에 있어서 '오늘'은 '오늘'로 끝나지 않는다. '내일'로 이어져간다는 사상은 하쿠초의 이야기를 비롯해 앞에서 계속 언급된 내용의 전형이다. '오늘'이 '오늘'로서 '그렇다고 한다면', '내일'도 또한 '내일'의 모습으로 이어지는 것이다. 죽음은 그런 것이다.

'죽어서 부처가 된 사랑이여. 진정 본보기가 될지어다'

　근세 무렵 지카마쓰 몬자에몬近松門左衛門(1653~1724)이 지은 작품 가운데 연인끼리의 동반자살(신주모노心中物)을 그린 작품이 있다. 이를 예로 들어 앞서 언급한 내용들을 한 번 더 살펴보자.

　『소네자키신주曾根崎心中』─『소네자키 숲의 동반자살曾根崎心中(최관 역, 고려대학교 출판부)』의 줄거리는 대강 이렇다.

어떤 기녀와 한 남자가 서로 깊이 사랑해 결혼을 약속했다. 그러던 어느 날 남자가 어떤 사건에 휘말려 속임을 당하고, 궁지에 몰린 끝에 자살로 결백을 입증하려고 한다. 그 사실을 알게 된 여자는 '간절한 사랑 때문에 죽는다면야 진실로 이 몸 따위 어떻게 되든 상관없다'며 같은 곳에서 동반자살 할 것을 제안한다. 결국 둘은 각오를 다지고 소네자키(오사카에 위치한 숲)에서 실행에 옮긴다.

자살을 하려고 길을 떠난 후(죽음을 향한 도움닫기) 마지막에 죽는 장면이 이렇게 그려져 있다.

더 이야기 해봤자 뾰족한 수도 없으니 얼른 죽여달라고 재촉하기에, 지니고 있던 칼을 스르륵 뽑아 죽이려고 했다. 허나 오랜 세월 품 안에 안았던 사랑스러운 그 살을 어찌 칼로 찌를 수 있단 말인가. 눈앞이 어질어질, 손이 후들후들, 마음을 다잡고 다시 시도해보지만 날카로운 끝이 이리저리 허공만 가르고 두세 번 칼이 번뜩인다. 눈을 질끈 감고 일순간 숨통을 깊숙이 찌른 뒤 염불 한마디를 외며 칼끝으로 후벼 판다. 팔이 축 늘어지고 단말마斷末摩[23]의 사고팔고四苦八苦[24], 애처롭기 그지없어라.

---

23 단말마斷末摩 : 불교용어, 숨이 끊어질 때의 모진 고통. - 옮긴이

이리하여 여자를 죽인 남자도 늦지 않게 그녀를 따라가기 위해, 한 번에 죽기 위해, 면도칼을 꺼내어 목에 꽂는다. 손잡이가 꺾이고 칼날이 부서질 정도로 후벼 넣는다. 어지러움도 거친 숨소리도 새벽 어스름까지 이어지다가 마침내 끊어진다.

誰が告ぐるとは曾根崎の森の下風音に聞え。取り伝へ貴賤群集の回向の種。未来成仏疑ひなき恋の。手本となりにけり。

『소네자키 숲의 정사』는 이렇게 마무리된다. 여기서의 핵심은 처참할 정도의 타살과 자살 묘사와 이어지는 마지막 구절인 '죽어서 부처가 된 사랑이여. 진정 본보기가 될지어다'를 어떻게 연관시켜 이해해야 하는가다.

계속 반복되는 잔혹한 단말마의 고통은 지금 여기에 나타난 인간관계(사랑)를 몇 번이나 확인하게 하며, 더 나은 것으로 승화시키고자 하는 행동의 보상 역할을 한다. 그리고 '죽어서 부처가 된 사랑이여. 진정 본보기가 될지어다'라고 할 정도로 그들의 사랑을 성숙하게 만들었다. 그렇다고 해서 그것이 꼭 죽어서 부

---

24 사고팔고四苦八苦 : 온갖 심한 고통과 괴로움을 통틀어 이르는 말. -옮긴이

처가 되거나 한 송이 연꽃 위에 태어나기 위해, '미래 (내일)'의 행복을 바라고 한 일이라고 할 수만은 없다.

와쓰지 데쓰로和辻哲郎(1889~1960)는 저서 『후도(풍토 風土)』에서 일반적으로 이렇게 이야기하고 있다.

도쿠가와시대 문학에서 주된 주제였던 정사情死에 관한 이야 기들도 단순히 정신적인 '저 세상' 신앙을 근거로 한 것은 아니다. (중략) 영원한 사랑을 바라는 마음이 순간적으로 솟 구쳐 이루어지는 결정체인 것이다.

와쓰지는 '순간적으로 솟구쳐 이루어지는 결정체' 라고 표현했는데, 그것은 현세에서의 사랑을 충실하 게 하고 또한 완결시킨다는 의미로, 반드시 '저 세 상'을 의식한 행위는 아니라는 뜻이다.

그러나 그런 행위를 '죽어서 부처가 된 사랑이여. 진정 본보기가 될지어다'라고 평가한 바와 같이, 이승 에서의 충실·완성은 그대로 저승에서도 이롭게 이어 진다는 사생관을 엿볼 수 있다(물론 그가 항상 의식적으 로 그렇게 주장한 것은 아니다). '내일'이 존재하기 때문에 그렇게 하는 것이 아니라, '오늘'을 '오늘'로 완전히 살 아감으로써 더 나은 '내일'을 맞을 수 있다는 뜻이다.

제4장

'이마와'의 사상

わが事もすべて了りぬ いざさらばここらでさらばいざ左様なら。

나의 생은 이로써 끝인 것 같다. 이젠 안녕히(사라바), 이쯤에서 안녕히(사라바), 사요나라

도이하라 겐지土肥原賢二

(도이하라 겐지 : 전후戰後 재판에서 사형을 언도받고, 처형당함. −옮긴이)

'자연스레' 일어나는 죽음과 삶

죽음과 일상생활의 단절을 강조하지 않았던 문화

앞서, 일본인의 사생관에는 '내일'의 죽음을 의식하면서도 오히려 그 '내일'에 대한 판단을 보류한 채, '오늘'을 '오늘'로서 살아가려는 발상이 이어져 내려왔다고 이야기했다. 오늘을 오늘로서 살다 보면, 내일은 내일의 또 다른 형태로 이어지게 된다는 사상이나 기대감이 포함되어 있는 것이다. 이를 지금까지 이야기한 주제와 연관지어 말하자면, '오늘'의 삶을 '오늘'이라는 개념으로, '그렇다면'이라고 납득함과 동시에, '내일'의 죽음(사후세계)도 '내일'의 죽음(사후세계)으로서 받아들이게 된다는 발상이라고 할 수 있겠다.

이번 장에서는 이러한 사상의 배경을 알아보고자 한다. 일본인은 자연과 우주, 세계와 인생에 대해 어떻게 받아들이고 이해하는지 그리고 일본인의 사생관에 대해 좀 더 자세히 생각해 보자. 가토 슈이치加藤周一 씨는 일본인의 사생관을 다음과 같이 일반화시켜 정리해 놓았다(가토加藤, 1975).

> 일반적으로 일본인이 죽음에 대처하는 태도란 감정적으로는 '우주'의 질서로, 지적으로는 '자연'의 질서로 이해하며, 체념하듯이 받아들임을 뜻한다. 그 배경이 죽음과 일상생활의 단절, 다시 말해 죽음이라는 잔혹함으로 빚어지는 극적인 비非일상성을 강조하지 않은 문화이기 때문이다.
>
> 『일본인의 사생관日本人の死生観』

그는 '오늘'의 삶과 '내일'의 죽음 사이에 큰 단절이 없는 까닭이 광활한 우주와 자연의 질서를 '포기하고 받아들이라'는 사고방식이 있기 때문이라고 지적한다.

일본 문화가 '죽음과 일상생활의 단절, 다시 말해 죽음이라는 잔혹함으로 빚어지는 극적인 비非일상을 강조하지 않는 문화'라는 점은 민속학자인 야나기타 구니오柳田国男(1875~1962)도 일찍이 지적한 바 있다.

일본인이 사후에 대해 가지고 있는 개념, 즉 혼령은 영원히
이 땅에 남아 멀리 떠나지 않는다는 신앙과 같은 것으로,
세상이 시작된 시점부터 적어도 오늘에 이르기까지 뿌리 깊
게 이어져 오고 있다.　　　　　　　『선조 이야기先祖の話』

이는 죽은 사람은 터무니없이 다른 세상에 가는
것이 아니라, 산 사람과 함께 이 세상에 머물며 산
사람을 지켜보고, 또 때로는 왕래하기도 한다는 생각
에서 비롯되었다. 삶의 세계와 죽음의 세계의 연속
성, 일체성을 바라는 신앙이라고 할 수 있겠다.

죽음에 대한 친숙함

삶과 죽음의 세계에 관한 연속성은 시가 나오야志
賀直哉(1883~1971)의 감수성 깊은 글에서도 발견할 수
있다.

내 마음에는 뭔지 모를 죽음에 대한 친숙함이 생겨났다 ……

어느 날 아침, 나는 벌 한 마리가 현관 지붕에 죽어 있는 것을 보았다. … 그것은 3일 정도 그대로 방치되어 있었다. 보고 있자니 매우 고요한 정취가 느껴졌다. 쓸쓸했다. 다른 벌들이 전부 벌집 안으로 돌아간 해질 무렵, 차디 찬 기와 위에 남겨진 몸뚱이를 보고 있자니 쓸쓸한 느낌이 들었다. 그러나 그것은 너무나도 조용했다.

밤새 비가 세차게 퍼부었다. 아침에는 맑게 개어, 나뭇잎도 땅도 지붕도 깨끗하게 씻겨 있었다. 죽은 벌의 잔해는 이제 거기에 없었다. … 나는 그 조용함에 친숙한 기분이 들었다. … 살아있는 것과 죽은 것은 서로 양극에 존재하는 것이 아니었다. 그 정도로 큰 차이는 아닌 것처럼 느껴졌다.

『기노사키에서城の崎にて』

여기서 시가가 벌의 죽음을 통해 느낀 '죽음에 대한 친숙함'이란, 우리의 죽음 또한 그 벌과 마찬가지일 것이라는 발상에서 비롯되었다. 즉 죽음은 결국 거대한 자연 질서 속에 존재하는 당연한 일이며 '살아있는 것과 죽은 것'이 '양극兩極'에 있는 것이 아니라는 인식에서 출발한다.

시가를 포함해서 근대 일본 지식인 중에는 '죽으면 무無가 된다'는 사생관을 가진 사람들이 많았다. 그러나 '죽으면 무가 된다'는 것은 앞의 장에서 히로이広井 씨가 지적한 '사생관의 공동화空洞化' 개념과는 다르다. 여기서 '무가 된다'는 말은 전부 사라지는 것이 아니라, 원래의 자리인 우주·자연으로 돌아간다는 의미이다. 이를테면 '무無'는 커다란 그라운드인 셈이다.

'자연스레' 찾아오는 삶과 죽음

의사이며 작가이기도 한 나기 게이시南木佳士 씨의 저서 『다이아몬드 더스트ダイヤモンドダスト』에는 어떤 사람이 비행기에서 바다로 추락하여 죽음을 의식한 때를 이렇게 묘사하고 있다.

이 별들의 위치를 배열한 누군가가 있다. 나는 그때 확신했다. 바다에 빠진 뒤 내 마음은 매우 평화로웠다. 그의 품에 안겨 하늘의 별들처럼 정리된 자신을 발견하고 마음속 깊은 곳에서부터 안도감을 느꼈다.   『다이아몬드 더스트』

물론 '배열한 분'은 예로부터 익숙한 이미지의 신이나 부처님일 것이다. 이 별들을 만들어 배열해 둔 존재가 있다면, 지금 자신의 생사에도 그 존재가 관여하고 있을 것이기 때문에 마음속 깊이 안도감을 느꼈다는 것이다. 마찬가지로 우리의 죽음과 삶도 우주·자연 질서 속에서 '자연스레' 일어나는 작용이라는 것이다.

'저절로', 혹은 '자연히'라는 일본의 옛말에는 '만에 하나 자신이 죽는다면'이라는 뜻도 담겨 있었다. 물론 당시에도 현대와 같이 '저절로'라는 용법이 있었다. 그러나 동시에 이러한 두 가지 용법으로 쓰인 것을 보면, 삶과 죽음을 '양극'으로 나누지 않았다는 것을 알 수 있다.

우리에게 죽음이란 실로 '만에 하나'의 사건이지만 거대한 우주와 자연 입장에서는 아주 당연한 일이라는 지혜가 담겨 있는 것이다.

이해하기 힘든 '자연스러움'에 순응하다

이처럼 삶과 죽음을 위대한 우주와 자연의 질서로

받아들이는 방식은 모토오리 노리나가本居宣長의 〈안심 아닌 안심론安心なき安心論〉이라는 유명한 논의에서 찾아볼 수 있다.

　죽음에 임할 때는 어떻게 안심해야 하는가. 우리는 사후 세계를 알 수 없다. 그러니 억지로 알려고 하지 말고, 이 세상을 이 세상답게 만드는 힘과 구조에 순응하여 살아가고 또 죽으면 된다.

　此世に死ぬるほどかなしき事は候はね也、然るに儒や佛は、さばかり至てかなしき事を、かなしむまじき事のやうに、いろいろと理屈を申すは、真実の道にあらざる事、明らけし、

〈스즈노야 문답집鈴屋答問録〉

　작가는 죽음이 슬프지만, 그러한 슬픔이 우리가 사는 세상의 구조와 힘에 순응하는 것이라고 말하고 있다. 자기가 멋대로 만들어낸 논리에 안심하지 말고 그저 슬퍼하라는 말이다. 또한 노리나가는 이 세상을 이 세상답게 만드는 거대한 힘을 '신'의 힘 또는 저절로 일어나는 '자연스러운' 힘이라고도 했다.

　신란親鸞도 평범한 중생인 우리가 이승에 작용하는 아미타여래의 신비한 힘으로 구원 받는다는 사상을 전개했다. 아미타여래란 '자연을 설파하기 위한 수단·방법'이다. 즉 아미타여래는 자연스러운 힘의 작용이며 우리의 생사 또한 그 손바닥 안에 있다는 것이다.

마사무네 하쿠초正宗白鳥는 스스로 이해할 수 없는 무언가에 몸을 맡겨버리는 체념을 하며 '아멘'이라고 기도했다. 제2장에서 이 기도가 노리나가나 신란의 사상과 비슷하다는 것을 살펴본 바 있다.

'점차 변해가는 흐름'인 삶과 죽음

죽음의 신화적 설명

지금부터는 『고지키(고사기古事記)』라는 책에서 삶과 죽음을 자연스럽게 묘사한 부분을 살펴볼 것이다. 이를 통해 여러분은 일본적 상상력을 확인할 수 있을 것이다. 마루야마 마사오丸山眞男도 민족신화를 읽어보면, 우주창조를 상상하여 기술한 이야기가 반드시 나오기 때문에 민족 고유의 발상과 사고의 기본적인 틀을 알 수 있다고 주장했다.(마루야마円山, 1972)

『고지키』의 내용은 천지의 형성신화, 국가 형성신화, 신의 탄생신화, 황천국 신화로 이어지는데 일단 첫 부분은 다음과 같이 기록되어 있다.

天地の初発の特、高大の原に成りませる神の名は、天の御中
主の神。次に高御産巣目
の神。次に神産巣目の神。……次に国稚く、浮ける脂の如くし
て水母なす漂へる特に、
葦芽のごとく萌え騰がる物に因りて成りませる神の名は、
……。次に、……、次に、
……次に伊耶耶肢の坤。次に妹伊耶耶美の神。

하늘과 땅이 생겨날 무렵, 천상高天の原에서 생겨난
신이 있고, 그 신의 이름이 기술된다. 그런 다음 여
러 명의 신이 탄생한다. 국토가 제대로 자리 잡히지
않아 물에 떠다니는 기름이나 해파리처럼 표류하고
있을 때, 갈대가 싹을 틔우는 기세로 어떠한 신이 생
겨났으며 뒤 이어 여러 신이 생겨났다. 그리고 마지
막으로 이자나기·이자나미伊耶耶肢·伊耶耶美의 페어 신이
생겨났다고 한다.
　신화는 이자나기와 이자나미가 국토와 신을 낳는
이야기로 이어지는데, 이자나미는 마지막으로 불의
신을 낳다가 타 죽게 된다. 그렇지만 '죽다'라는 말
을 쓰지 않고, 이승에서 물러나게 되었다(神避り)고 표
현한다. 이것은 황천국(저승)으로 가는 것을 의미한

다. 이자나기는 황천국까지 가서 이자나미를 이승으로 데려오려고 한다. 그러나 이자나미는 이자나기에게 이미 그곳의 음식을 먹었기 때문에 되돌아 갈 수 없으니 황천국의 신과 이야기를 해보겠다며 기다려 달라고 말한다. 단 그동안은 자신의 모습을 보지 말라고 부탁했는데, 이자나기는 끝내 약속을 어기고 만다. 이자나미의 몸에 구더기가 들끓고, 몸 전체에 천둥같은 소리를 내며 벼락이 내리치는 모습을 보고 말았던 것이다. 이자나기는 두려워서 도망쳤고 이자나미는 자신에게 모욕을 주었다며 뒤를 쫓아간다.

마지막에 이자나기는 황천국과 이승의 경계인 요모쓰히라사카黄泉比良坂까지 도망 와서는 두 곳 사이를 거대한 돌로 막은 채 이자나미와 마지막 대화를 나눈다. 먼저 이자나미가 말했다. "당신이 약속을 어겼으니 당신 나라의 인간을 하루에 천 명씩 죽이겠어요." 그러자 이자나기는 "그렇다면 나는 하루에 천오백 명을 낳을 테요"라며 응수한다. 이 신화는 이러한 이유로 하루에 천 명이 죽고 천오백 명이 태어나게 되었다고 알려준다. 그리고 이자나미는 '황천국의 신黄泉津大神'이 되었다.

'점차 변해가는 흐름'

마루야마 마사오丸山眞男가 기술한 글의 서두에는 '점차-변해가는-흐름'이라는 표현이 나온다. 이를 통해 일본인의 오랜 역사의식을 확인할 수 있다.(마루야마, 1972) 보통 일반적인 세계 신화에는 '창조하다, 낳다'와 같은 타동사가 많이 나오는 반면, 일본의 신화에는 자동사인 '되다, 변해가다'가 많이 나온다. '흐름'에 따라 계속 진행되는 과정을 보여주는 것이다.

'점차 변해가는 흐름'의 이미지란 어떤 것일까? 처음의 에너지가 추진력이 되어 '세상'이 뿜어져 나오고, 그 기세로 무한히 진행, 전개되어 가는 양상을 말하는 것인데, 갈대가 싹을 틔우듯이 생물에 '자연스레' 일어나는 발아, 생장, 증식의 이미지이다.

또 마루야마는 '점차 변해가는 흐름'에서 보이는 낙천주의는 어디까지나 생성증식生成增殖의 의미이고 1차원 상에서 생겨나는 것일 뿐, 궁극적 목표 같은 것은 전혀 없다'라고도 지적했다. 중국어 '自然'과 유럽의 'natura'라는 말에 '사물의 본질, 마땅한 질서'라는 의미가 있다. 반면 '점차 변해가는 흐름'은 어디까지나 자연스레 이루어지는 자연생성의 관념이 주를 이룬다.

위대한 여신 이자나미가 '황천국의 신黄泉津大神'이 되었다는 말로 죽음을 묘사한 점에도 주목할 필요가 있다. 이자나미는 위대한 여신이자 인간을 죽이는 신이 됨으로써 삶과 죽음을 동시에 지배하게 된 것이다. 하지만 전체적인 신화의 내용은 삶이 죽음보다 우위에 있음(하루에 천 명이 죽고 천오백 명이 태어난다)을 강조함으로써 생성의 낙관론으로 마무리된다.

'자연스러움'과 무상함

물론 그렇다고 해서 이러한 '자연스러움'에 입각한 인생관, 사생관이 밑도 끝도 없는 낙관론이라는 말은 아니다. 노리나가도 고지키의 부분을 근거로 '하여이 황천국은 더럽고 나쁜 곳이옵니다만, 죽으면 반드시 가야 하는 곳인 까닭에, 세상에서 죽는 것보다 슬픈 일은 없사옵니다'〈스즈노야 문답집鈴屋答問錄〉라고 기술했다. 이처럼 죽음은 우리로서는 어떻게 할 수 없는 추악하고 이해하기 힘든 사건이다.

이러한 죽음에 대한 부정은 불교적인 현세염난現世厭難이나 무상함과 같은 사상과 하나가 되었다. 그런 까닭에 마루야마도 '점차 변해가는 흐름'과 같은 낙관론을 결코 현세를 긍정하는 느긋한 자세라고 볼 수 없다고 기술했다.

'제행무상諸行無常[25]'은, '점차 변해가는 흐름' 같은 낙관론과 심한 마찰을 일으키면서도 만사가 끊임없는 변화와 흐름의 모습이라고 보는 '고층古層[26]' 세계관과 서로 끌어당기는 기구한 운명을 지녔다. … '지금'의 긍정이 삶의 적극적 가치를 긍정하는 것이 아니라 끊임없이 변해가는 현재를 긍정하는 것이므로 이러한 현재는 그야말로 '무상한' 것이다. 역으로 무상한 '현세'는 무수한 '지금'이 세분화 되면서 받아들여지는 것이다.

'자연스레'와 '무상함'이 상충하면서도 상통하는 부분이 있다는 사실은, '오늘'의 '지금'을 영원히 같은 모습으로가 아니라 '끊임없이 변화해 가는 현재'로

---

25 제행무상諸行無常 : 우주의 모든 사물은 늘 돌고 변하여 한 모양으로 머물러 있지 아니함. 불교용어. ─ 옮긴이
26 고층론古層論 : 마루야마가 내세운 역사가 변해도 변하지 않는 것이 있다는 입론. ─ 옮긴이

긍정한다는 것을 의미한다. 마루야마는 오토모 다비비토大伴旅人가 이 세상에서 즐겁다면 다음 세상에서 벌레가 되어도, 새가 되어도 좋다는 시를 지은 것도 그러한 관점에서 이해해야 한다고 말한다.

이전 장에서 필자는 이 세상에서 '얕은 꿈을 꾸지도, 취하지도 않을 것'을 노래한 시를 소개하며 '내일'을 동경하는 마음과 '오늘'을 소중히 여기는 마음이 상충, 상통함을 언급한 적이 있다. 더불어 상충과 상통의 틈 사이에 문학과 사상의 참맛이 있다고 지적했다. '긍정되는 현재는 그야말로 무상하며, 반대로 무상한 현재 세상은 무수한 '지금'이 세분화 되면서 누릴 수 있다'라는 말은 그러한 '틈'을 파악해낸 말이다. 이 점은 나중에 '지금'이라는 문제를 살펴볼 때 다시 한 번 언급하겠다.

'한 마디—節', '한 방울—滴' 존재를 파악하는 방식

가토 슈이치加藤周— 씨의 '자연의 질서로서 체념하고 받아들이라'라는 말은 '자연스러움과 무상함 사이의 상충 및 상통의 개념'으로 받아들일 수도 있지만 이소베 다다마사磯部忠正(1909~1996)의 다음과 같은 지적과도 연관지을 수 있다.

> 일본인들은 언제부터인가 인간을 품고 움직이는 흐름, 즉 몸을 맡기는 '요령'을 터득하게 되었다. 자신의 힘과 의지도 포함해 모든 흥망성쇠가 이 거대한 리듬의 한 마디라는 일종의 무상관에 입각한 체념이다.
>
> 『무상함의 구조無常の構造』

우주에는 '자연의 생명 리듬'이라는 거대한 틀이 작용한다. —예컨대 사계절의 변화, 달이 차고 이지러짐 같은 것들이다.—우리의 힘과 의지, 모든 흥망성쇠, 즉 삶과 죽음도 이 '거대한 리듬의 한 마디'로 수용하는 체념의 요령을 터득하는 것이다. '지금'의 한순간은 그러한 '한 마디'이기도 하다는 이야기이다. 고어에서 '자연스레', '저절로'라는 말이 무상함의 의미(만일 내가 죽는다면)를 가지기도 했다는 점을 기억하는가? 실제로 체념과 수용의 요령을 보여주는 증거라고 할 수 있겠다.

인간이 생겨나고 몇천만 년이 지났는지 알 수 없지만, 그동안 셀 수 없이 많은 인간이 태어나고, 살았으며, 죽어갔다. 필자 또한 그중 한 사람으로서 태어나 지금 살고 있다. 말하자면 필자는 유유히 흐르는 나일 강의 한 방울과도 같은 존재이다. 그 한 방울은 이전에도 없었고 이후에도 없을 오직 나 자신뿐이기 때문에 몇만 년을 거슬러 올라가도, 몇만 년이 지난 뒤에도 나는 없을 것이다. 나는 의연히 흐르는 큰 강물 가운데 한 방울의 물에 지나지 않으며 그걸로 충분하다.

1969년에 쓴 〈나일 강의 한 방울ナイル水の一滴〉이라는 유명한 글이다. 시가志賀의 대표작 『암야행로暗夜行路』에는 다음과 같은 표현이 있다. '그는 자기의 정신과 육체가 지금, 이 거대한 자연 가운데 녹아들어 가는 것을 느꼈다. 그 자연은 양귀비의 씨앗만큼 작은 그를 무한한 크기로 감쌌다(인식할 수 없지만, 그 가운데로 녹아드는 느낌이었다). 자연으로 돌아가는 느낌이 말로 표현할 수 없을 정도로 좋았다.' 이 글과 〈나일 강의 한 방울〉의 표현을 비교해 보면 나 자신이 거대한 것 가운데 극히 작은 존재라는 구도가 동일함을 알 수 있다. 그러나 〈나일 강의 한 방울〉에서는,

그 자그마한 나의 존재는 결코 녹아들거나 자연으로 되돌아가지 않는 존재라고 강조한다. 그것은 확실히 한 방울 물에 지나지 않지만, 몇만 년을 거슬러 올라가도, 지나와도 그 어디에도 없는 단 하나뿐인 존재인 것이다. 도겐道元도 '모퉁이의 특지─隅の得地[27]'라는 표현을 통해 어떠한 위대한 진리를 얻었다 할지라도, 그것은 특별한 장소에 있었기에 얻는 것에 불과하다고 가르쳤다.

또한 근대의 우치무라 간조内村鑑三도 '모퉁이에 서다'라는 표현을 썼다. 이는 우리에게 무한하고 절대적인 것을 점거할 수 있는 능력이 없지만, 한 모퉁이에 몸을 두는 것은 가능함을 의미한다. 그 모퉁이에 붙어 있는 것만 한다면, 무한 혹은 절대적인 것에 이어질 수 있다. 그래서 침착해지고 평온해질 수 있다는 것이다. 최근에는 논리학자인 사가라 도오루相良亨(1921~2002)가 이런 생각에 주목하고 있다.(사가라相良, 1993)

요점은 이러한 절대무한의 진리를 결코 다 알 수는 없더라도, 각각 위치하고 있는 모퉁이에는 확실히 연결되어 있다는 것이다. 즉 개개인의 존재가 보잘

---

27 모퉁이의 특지─隅の得地 : 좀처럼 없는 특별한 것. ─옮긴이

것 없는 일부분에 불과하더라도, 그것은 위대한 무언가의 일부분이며, 어떻게 보면 절대무한으로 이어질 수도 있다는 생각이다.

일본신화에 주로 등장하는 '수많은 신들八百万の神々'이라는 표현은 단순히 많은 신들이 이곳저곳 다양한 장소에 혼재함을 뜻하는 것이 아니다. 각각 특수·상대적으로 존재하며, 그 자체로 절대를 표현하고 있다는 발상이다. 최근, 유일신 종교 간의 대립이 곳곳에서 문제가 되고 있다. '특수, 상대, 절대'의 발상은 '서로 동등함'을 강조하는 일반적인 상대주의를 벗어나 그런 문제의 해결을 위한 커다란 힌트가 될 것이다.

이마와(지금은)의 시간파악

'지금'의 특별한 이해방법

'한 마디-節', '한 방울-滴'의 존재 인식 방법은 '지금今, 여기'의 개념을 중시하는 사고와 깊은 관계가 있다. '이마いま'는 일본어로 '지금'을 뜻한다. 여기에 조사 '와は'를 붙이면서 '이마와(지금은)'라고 쓰이게 되었는데, '지금'이라는 시간을 특별하게 여긴 일본의 양상을 알 수 있다. '이마와'는 사용방법에 따라 대부분 '사라바'와 동의어로 사용되기 때문이다. 앞서

　見るべきほどの事は見つ。今は自害せん。[28]

---

28 보아야 할 것은 모두 보았다. 이제는 자결하겠습니다. ─ 옮긴이

라는 문장을 살펴본 적이 있다. 여기에 쓰인 '이마와'는 '사라바'와 같이, 이제까지의 과거를 바탕으로 현재를 확인하는 기능을 하기 때문에, 미래를 지향한다는 뜻이 포함되어 있다. 『일본국어대사전』에서는 '이마와'에 대해

1. 현재는, 요즈음
2. 이런 상태가 된 지금에는, 이미
3. 이제 곧, 머지않아
4. 이제부터는, 이후로

의 의미가 있다고 알려준다. '이마와'와 '사라바'와 공통점을 확인할 수 있을 것이다. 또 '이마와'의 흥미로운 시간파악 관점도 발견할 수 있다. 지금부터 각각에 대하여 좀 더 자세히 알아보고자 한다.

[이마와]=[사라바]

우선 1, 2의 의미로 사용된 아래의 예를 살펴보자.

- 今は塵灰にもなり侍りにけん

  지금은 진회가 되기도 부족한 몸이 되어 기다리고 있다.

  『우쓰호모노가타리宇津保物語』

- 今は何をかかくすべき、我は義朝の子也

  이제 와서 무엇을 숨기겠는가, 나는 요시토모의 아들이다.

  『고토히라혼헤지모노가타리金刀比羅本平治物語』

이를 통해 '1. 현재는, 요즈음'의 용법과 지금까지 과거를 바탕으로 '2. 이러한 상태가 된 지금에는, 이미'라는 의미의 용법을 확인할 수 있다. 또 같은 사전에서는 '이제는 마지막이다'나 '이제는 그래, 좋다'와 같은 표현에서 뒷부분이 생략된 형태로 '이마와'가 사용될 수 있음을 다음 예를 통해 보여주고 있다.

- 今はとて天の羽衣きる折ぞ君を哀れと思ひ出ける

  날개옷을 입을 때, 당신이 안타까워요

  『다케토리모노가타리』

- いまはと行くを、いとあはれと思ひけれど

  이제 떠나야 하는 게 너무 슬프지만

『이세모노가타리伊勢物語』

- うきものと思ひすてつる世もいまはとすみはなれなん事を

  起こすには

  찰나로 생각했던 이 세상도 이제 떠난다고 생각하니

『겐지모노가타리』

그렇게 하지 않으면 안 되는 상황이 되어 현재의 시점을 확인하고 '마지막'이라고 단정 짓거나 혹은 '요시(그래, 좋다)'와 상응하는 표현으로 '이마와' 또는 '이마와토테'가 사용되었다. 예문의 '이마와'는 '사라바'의 용법과 똑같다.

역시 같은 사전에 나오는 '이제는 마지막', '이제는 이렇게', '이제는 여기까지'의 용법은 다음과 같다.

- 住みわびぬ今はかぎりと山里に身をかくすべき官求めてん

  살고 싶어서 지금 이렇게 산속에 숨으려고 하기는 했다.

『이세모노가타리伊勢物語』

- 軍に負けて今はかうよと見えける時

  전투에 패하여 이제 끝이라고 생각할 때

『가나조시 이소호모노가타리仮名草子・伊曾保物語』

● 多治見今は是までとや思けん

　이제 이 세상의 삶도 끝이라고 생각한다.

『다이헤키1 요리카즈카헤리추노고토太平記一・頼員回忠事』

　'이것을 마지막으로'나 '지금 여기까지'라고 생각하는 것은 과거를 돌이켜 봤을 때, '지금(이마)'을 마지막으로 인식한 것이다. 시간·장소뿐 아니라 여러 존재, 방식, 관계와의 이별을 의미한다. '이제 그렇다면'은 다시 한 번 확인할 때 쓰는 표현으로 그 이후의 행동, 결의로 이어진다. 이는 끝맺음, 체념의 표현으로 쓰인 '이마와'의 예라고 볼 수 있다.

임종 : 今際(이마와)

　'이마와'라는 표현이 그대로 명사화되어 독립된 의미를 지니게 된 말이 '今際(이마와)'이다. '삶의 마지막 순간, 임종, 죽을 때, 최후'(『일본국어대사전』)라는 의미로 지금도 쓰이고 있다. 다음 예를 살펴보자.

　思きりたる道なれども、今はの特になりぬれば、心ぼそうかな

しからずといふ事なし。 『헤케모노가타리平家物語』

내 스스로 결심한 길이기는 하나 이제 죽을 때가 되니 불안하기도 하구나.

여기서의 '이마와'는 그대로 '최후의 순간'을 의미한다. 지금까지 보아온 시간파악의 특수용법이 집약된 형태이다. '임종정념臨終正念'과 '최후의 일념最期の 一念'이라는 표현을 아는가? 이는 원래 정토교에서 나온 불교 용어로, 죽음을 맞이할 때 마음을 집중하고 진정시킨 뒤 아미타불을 외며 극락왕생을 비는 것, 또는 염불하는 것을 의미했다. 그로부터 파생되어 지금은 일반적으로 '임종 순간의 생각'이라는 뜻으로 널리 쓰이고 있다.

'최후의 일념'에서 '이마와'가 가지는 중요한 의미는 무엇일까? 극락왕생의 바람뿐만 아니라 지금까지의 인생을 정리하고 미지의 죽음(사후)으로 시선을 옮기기 시작했다는 데에 큰 의미가 있다.

인간의 존재가 커다란 리듬의 한 마디—節라고 한다면, '이마와'는 그 리듬에서 특히 중요한 한 마디를 던지는 순간이 아닐까.

'이마와'의 시간파악

다시 한 번 '이마와'의 시간파악에 대해 복습해보자. 이마와いまは는 『일본국어대사전』에서 다음과 같이 네 가지로 정의된다.

1. 현재는, 요즈음
2. 이런 상태가 된 현재로서 이미
3. 이제 곧, 머지않아
4. 앞으로, 이후로

이미 살펴본 것처럼 1, 2의 '이마와'는 과거를 바탕으로 현재를 다시 한 번 확인하는 의미로 사용되었다. 3번의 '이마와'는 '이제 곧, 머지않아'의 의미로 미래를 내포하며, 미래로 나아가는 행동을 나타내는 용법이다. 4는 확실하게 미래를 의미한다. 4의 예로 다음을 보자.

- 汝を今は不可見ず。但し我が形見をば留置かむ

  이제는 당신을 볼 수 없기에 내 유물을 남깁니다.

  『곤자쿠모노가타리今昔物語』

- 木のもとの栖もいまはあれぬべし春し暮れなば誰かとひこん

  나무그늘의 집도 이제는 없어질 것이다. 봄이 오면 누구와 함께 할 것인가. 　　　교손行尊『신고킨와카슈新古今和歌集』

첫 문장의 '이마와'는 당신을 이제 '앞으로' 볼 수 없다는 뜻으로 쓰였다. 그래서 증표를 남긴다는 것이다. 두 번째 문장은 나무 밑의 소굴도 앞으로 황폐해질 것이라는 뜻으로, 여기에서 '이마와'는 '앞으로'의 뜻이다.

'이마와'는 현제시제이지만 1, 2처럼 과거의 내용을 나타낼 때도 있다. 그리고 3의 '머지않아', 4의 '이제부터, 이후로'처럼 미래를 나타내기도 하므로 현재와 과거, 미래의 힘을 모두 가지고 있는 말이라고 할 수 있다.

헤어지는 말로서의 '이마와'

이처럼 '이마와'는 '사라바'처럼 작별인사로서 쓰이게 되었다. 한번 구체적인 예를 알아보자.

- ねむごろに相語らひける友だちのもとに、かうかう今はとてまかるを……

  다정하게 이야기를 나눌 나의 벗에게 이제 가고 싶지만

  『이세모노가타리』

- 今はとて君が離れなばわがやどの花をばひとり見てやしのばむ

  이제 당신을 떠나 우리 집 꽃을 혼자 보며 당신을 생각한다.

  『작자미상 고킨와카슈』

- 時なりぬれば、今はとて簾を引き上げて、うち見あはせて涙をほろほろと落して、出でぬるを……

  때가 되어 이제는 발을 끌어올리며 그 꽃을 보며 울고 나갔지만　　　　　　　　　　　　　　　　　『사라시나닛키更級日記』

- いまはとて別れしほどの月をだに涙にくれてながめやはせし

  이제 때가 되었다며 당신과 헤어졌건만 달을 보며 당신 생각을 한다.　　후지와라쓰네히라藤原経衡『신고킨와카슈新古今和歌集』

　예문의 '이마와'는 모두 '지금까지'라고 단정하는 말로 쓰이거나 '물러나다', '헤어지다', '나가다'와 같은 이별의 동작과 함께 쓰였다. '사라바, 사요나라'와 같은 쓰임이다.

'점차 변해가는 흐름'으로서의 '이마'

이처럼 특수한 시간인식을 지닌 '이마와'의 용법은 이소베 다다마사磯部忠正의 표현처럼, '모든 흥망성쇠가 커다란 리듬의 한 마디라는 무상관을 기초로 한 체념'과 관련이 있다. '이마와'는 일본인이 느끼는 '자연스레'와 '무상의 인식'과 깊은 관계가 있는 것이다.

마루야마 마사오丸山眞男는 '자연스레'와 '무상'이라는 두 인식이 상충하고 상통하면서 일본인의 '이마'에 대한 사상관이 특수하게 되었음을 지적한 바 있다. 하지만 마루야마는 그 지적에 앞서 '계속해서 변해가는 흐름'을 이야기할 때 이미 '이마(지금)'가 가지는 특권을 언급했었는데, 그 내용은 다음과 같다(전출, 마루야마, 1972, 이하동).

고층高層에서 역사가의 중핵을 형성하는 것은 과거도 미래도 아닌 '이마(지금)'이다. 우리들의 역사적 낙관주의는 '이마(지금)'에 대한 존중과 한 세트를 이룬다.

마루야마의 이런 주장은 항상 '역사'에서도 의논되는 주제이다. 하지만 역사는 시간이라는 개념에 포함되는 범위이며, 그 핵심에 과거도 미래도 아닌 '이마(지금)'에 대한 존중심이 있었기에 그 속에서 '점차 변해가는 흐름'의 낙천주의가 형성되었다고 생각해도 좋을 것 같다.

마루야마는 과거란 '계속해서 변해가는 흐름'이 쌓여가는 것이라고 말했다. 그래서 과거보다 더 오래된, 무한한 과거에까지 영향을 끼칠 수 있다는 것이다. 그는 '이마↷'의 시점을 정한 순간부터 다시 과거의 위치가 정해지는 것이라고 지적한 뒤, 다음과 같이 덧붙여 말했다.

'지금'은 과거의 에너지를 가득 싣고 있다. 또 미래는 그런 '지금'으로부터 시작된다. 미래의 유토피아도 역사에 목적과 의미를 부여할 수 없다면 아득히 떨어진 과거가 역사의 규범이 될 리가 없다.

신과 같은 초월자를 바탕으로 한 미래의 유토피아가 역사에 목적과 의미를 부여할 수 없다면, 과거는 ('지금'의 위치를 정함으로 비로소 위치가 정해지는 것에 불과하므로) 그 축적 자체가 역사의 규범이 될 리가 없다고 말했다. 특히 일본의 역사의식인 '개신, 역신, 유신'에 그 특수한 양상이 나타나 있다고 지적했다.

'점차 변해가는 흐름'으로서의 '자연스레'에 대한 점은 다시 다루기로 하고, 일단 우리의 고층의 발상에서는 '이마'가 특수한 시점으로 받아들여진다는 지적을 확인해두고 싶다.

'이마'의 특수한 긍정의 표현방식

'점차 변해가는 흐름'의 낙천주의는 '지금'의 존중과 한 세트라고 했다. 그리고 이 낙천주의가 '무상'과 상충, 상통한다는 사실은 이미 배웠다. 앞서 인용한 것의 뒷부분만 다시 인용해 보겠다.

'지금'의 긍정이 '삶의 적극적 가치에 대한 긍정'이 아니라 끊임없이 변해가는 현재를 긍정하는 것인 이상, 긍정되는 현재는 그야말로 '무상한' 것이다. 역으로 무상한 '현세'는 무수한 '지금'이 세분화 되면서 받아들여지는 것이다.

'점차 변해가는 흐름'과 '무상'의 그 이해방식이 다르기 때문에 서로 상충, 상통하면서 특수한 '지금'의 긍정을 이끌어낸다는 뜻이다.

즉 '지금'을 긍정하지만, 그 자체를 적극적으로 긍정하기보다 오히려 끊임없이 변천해 가는 것으로 받아들인다는 뜻이다. 현재가 각각 순간의 '이마'로 세분화하면서 긍정적인 의미를 갖게 된다.

즉 우리의 존재가 '한 방울, 한 마디'라는 것을 인지하는 동시에 위대한 리듬과 기세 속의 '한 방울, 한 마디'라는 '무상관을 기초로 한 체념'이라는 것이다. 이러한 우리들의 삶의 한 방울, 한 방울을 멈추지 않고 마음에 '이마(지금)'로 새겨가다 보면, 다음에 이어지는 세상에서도 '이마'는 계속 연결되지 않겠는가? 다음 세상에서도 우리는 같은 마음가짐으로 살아가고, 죽게 될 것이다.

리듬·기세를 숨긴 '사라바, 사요나라'

'이마와'는 특수한 용법과 배경을 가진 말이지만, '사라바, 사요나라' 그 자체라는 설명도 있다. '이마와'는 리듬과 기세를 가진 말이다. 이 점에서 혹시 연상되는 것이 없는가? 앞부분에서 '사라바, 사요나라'도 역시 힘(기능)을 지닌 단어와 함께 사용함으로 리듬과 기세를 가질 수 있음을 언급한 적이 있다. 예를 들면,

- 大将、「よしさらば」とてかへり給ひぬ

  다이쇼(장군), 요시사라바라고 말하고 돌아가 버렸다.

  『우쓰호모노가타리宇津保物語』

- いざさらば盛りを思ふも程もあらじ藐姑射が峯の花に睦れし

  이자사라바, (봄)을 한껏 즐기는 것도 정도가 있다. 하코야가미네의 봄에 이별을 고하자

  사이교西行『산카슈山家集』

- ハイさようなら急いでお帰んなはい。

  하이사요나라, 서둘러 돌아오세요.

  『닌조본 슌쇼쿠우메고요미人情本春色梅児誉美』

- 今こそわかれめ、いざさらば

  이제는 헤어져야 할 때, 이자사라바.

  〈우러러보면 존귀하구나仰げば尊し〉

라고 한 것처럼, '이자, 이데, 요시, 요시요시, 하이'

같은 단어와 함께 사용하는 경우가 있다. '이자'는 누군가를 설득하거나 작심하고 행동할 때 강조를 위해 사용하는 말이며, '요시'는 만족하지는 않지만 어쩔 수 없이, 그저 그렇다고 생각하며 허용을 할 때 쓰는 말이다(『일본국어대사전』).

이러한 말이 리듬·기세로 이루어진다는 점에 주목할 필요가 있다.

즉 제1장에서 나왔던 기립, 경례, 착석 순으로 행해지는 의례나 '으랏차차, 여봐요, 이거이거'와 같은 구호 하야시(囃し, 生やし, 부し)와 같은 배경을 가지고 있다는 것이다. 또 생성을 촉진시키며, 생성을 촉진시키는 힘을 주기 위한 주문呪文과도 공통의 배경을 가지고 있다. 즉 이 세상의 일들을 하나하나의 사건의 연결로 인식하고, 그 한 장면 한 장면을 밟고, 맛보고, 확인하면서 다음으로 이어져가는 것이다.

'하이'도 다시 응답할 때, 또는 상대방의 말에 승낙의 의사를 표현할 때 쓰는 말(『일본국어대사전』)로서, 근세까지는 '하이사요나라'라는 말로 쓰였다. 여기에서도 마찬가지로 리듬·기세를 느낄 수 있다. 예를 들면 다음과 같은 유명한 노래가 있다.

この世をばどりゃおいとまに線香とともにつひには灰左様な
ら

이 세상을 도랴(자, 그림) 떠나가자. 선향과 함께 결국에는
하이 사요나라.

『도카이도추히자쿠리게東海道中膝栗毛』의 저자, 짓펜샤
잇쿠十返舎一九(1765~1831)의   유언시이다.   사세辞世[29]를
남기는 것도 외국에서는 볼 수 없는 임종의 모습이
다. 죽기 전 마지막을 정리하고 총괄하는 양상을 또
한 번 확인할 수 있다.

이 시에서는 경미한 죽음의 수용을 볼 수 있다.
'灰(하이)'는 동음이의어를 이용한 표현으로 '하이, 사
요나라'에서의 '하이'와 음이 같다. '사요나라'가 이
러한 '하이, 도랴'라는 구호와 같이 쓰였음을 알아두
자(리듬·기세는 반복 수사법(리플레인)과 관련이 있는데 나중
에 자세히 알아보도록 하자).

제5장

피할 수 없다면 '사요나라'
─꼭 그래야만 한다면

あなたの国には'さようなら'がある、と思ってもみなかった勇気のようなものを与えてくれた。
당신의 나라에는 '사요나라'가 있다며, 생각조차 해 본 적 없는 용기를 주었다.

스가 아쓰코須賀敦子

'꼭 그래야만 한다면'의 '사요나라'

앤 린드버그의 해석

지금까지 우리는 '사라바, 사요나라'가 과거를 바탕으로 현재를 총정리하고 미래로 연결되는 의미를 포함하는 단어인 '그렇다면(사요데아루나라바)'을 뜻한다고 배웠다.

하지만 '사요나라'라는 이별의 말은 조금 다른 의미로 해석할 수도 있다. ─완전히 다른 이별방법을 뜻하는 것이 아니라 이해의 포인트를 어디에 두느냐가 조금 다른 것이다.─'사요나라'를 '그렇다면'이 아니라 '꼭 그래야 한다면'이라는 의미로 파악할 때가 그렇다. 이별의 상황을 마주하고 이를 피할 수 없음을 인정한 뒤, 이별을 운명으로 여겨 '꼭 그래야 한다면'이라는 방식으로 받아들이는 것을 뜻한다.

앤 린드버그(1906~2001)는 미국의 여성비행기 조종사이며, 나중에 기행작가가 된 인물이다. 그녀는 미국, 아프리카, 시베리아 그리고 일본을 비행한 뒤, 일본에서 본 광경과 인상적인 점을 모아 책을 집필했다. 그 안에 일본인의 '사요나라'라는 이별의 말에 대한 인상 깊은 문장이 있다.

─요코하마의 항구에서 서로 헤어지는 사람들 간의 외마디 외침이 배와 해안 사이를 왔다 갔다 하고 있었는데, 나는 그 말을 이해할 수 없었다.─라는 문장이다. 이것이 '사요나라'라는 말이었다고 언급한 뒤 그녀는 계속해서 다음과 같이 써 내려갔다.

'사요나라'의 사전적인 뜻은 '꼭 그래야만 한다면'이다. 지금까지 들은 많은 이별의 말 중 이처럼 아름다운 것이 과연 있을까? Auf Wiedersehen, Au revoir, Till we meet again과 같은 말처럼 이별의 아픔을 다시 만날 희망으로 희석시키려는 시도를 '사요나라'에서는 찾아볼 수 없다. 눈을 깜박거리며 눈물을 씩씩하게 참아내면서 말하는 Farewell처럼 헤어짐의 쓴맛을 피하려고도 하지 않는다.

『날개여, 북쪽으로翼よ、北に』

일본인은 이별을 불가피한 상황으로 받아들여, 헤어지기 전에 '꼭 그래야 한다면'을 뜻하는 말인 '사요나라'를 말한다는 것. '사요나라'를 '아름답다'라고 표현한 것은 머리말에서 아쿠유阿久悠가 말했듯이, 이별을 '재회의 희망으로 희석시키려고' 하지 않으며 'Farewell처럼 헤어짐의 쓴맛을 피하려고도 하지 않기' 때문이다.

Farewell은 앞서 보았듯이, 'well 잘', 'fare ~해 나가주세요'를 뜻하는 이별의 표현이다. 린드버그는 이 Farewell이 '격려, 훈계, 희망 혹은 신뢰의 표현'이기는 하나 '그 순간 자체가 지닌 의미를 퇴색시키고 있다. 이별 그 자체에 대해서는 아무 언급도 없다. 그 순간의 감정이 숨겨져, 아주 미미한 것밖에 표현되어 있지 않다'라고 말했다.

'한편, Good-by(신이 당신과 함께 하길)와 Adios는 너무 많은 것을 이야기하고 있다. 떨어져 있는 만큼 그 사이를 다리로 연결하려는 느낌이라고 할까. 오히려 그 거리를 부정하고 있다. Good-by는 기도이다. 소리 높여 지르는 외침이다. '가지 말아요. 견딜 수가 없어요. 하지만 당신은 혼자가 아니에요. 신이 항상 돌보아 줄 거예요. 함께 가 줄 거예요. 신의 손길이 항상 당신과 함께 할 거예요'와 같이 너무 수다스럽게 떠들어댄다.

반면에 린드버그는? 일본인의 이별의 말인 '사요나라'가 아래와 같이 Farewell, Good-by와 다르다고 말한다.

하지만 '사요나라'는 부족하지도, 지나치게 수다스럽지도 않다. 사실을 있는 그대로 받아들이고 있다. 인생의 이해에 관한 모든 것이 이 네 음音 안에 담겨 있다. 감정이 불처럼 타오르기보다 조용히 그을려 있다. 모든 감정이 잿불처럼, 여리게 남아 있다. 단어 자체는 아무것도 말하지 않는다. 말로 하지 않는 굿바이면서, 마음을 담아 손을 잡는 따뜻함이다. '사요나라'는 그런 말이다.

당신의 나라에는 '사요나라'가 있다

일본인은 이별할 때 상황을 있는 그대로 받아들이며 지나치지도, 부족하지도 않은 표현을 한다. 린드버그는 '인생의 이해의 전부'를, '모든 감정'을 '사요나라'라는 네 음절에 담아 헤어지고 있다고 해석했다.

이탈리아 문학자 스가 아쓰코須賀敦子(1929~1998)는 린드버그의 그런 견해와 그녀가 인간, 언어에 대해 가지고 있는 센스를 높게 평가했다. 스가는 다음과 같이 말했다.

… 린드버그가 쓴 '사요나라'와 다른 나라 언어를 비교한 문장에는 매우 깊은 멋이 담겨 있다. 이는 내가 지금까지 갇혀 있던 '일본어만의 세계'로부터 자유로워지도록 도와주었다. 린드버그는 어원이나 해석과 같은 어려운 단어를 하나도 사용하지 않고, 나로 하여금 자국의 언어를 외부에서 바라볼 수 있도록 초대해 주었다. 그 후 영어와 프랑스어, 이탈리아어를 공부하게 되었을 때 나는 몇 번이나 앤이 쓴 '사요나라'에 대하여 생각해 보았는지 모른다. 더군다나 걸 핏하면 일본으로부터 도망치려고 하는 나에게 앤은, 당신의 나라에는 '사요나라'가 있다며, 생각도 해 본 적 없는 용기를 주었다.

『먼 아침의 책들遠い朝の本たち』

스가는 외국 문학자, 이탈리아 문학자가 되기로 한 계기 중 하나로 린드버그의 문장을 꼽았다. 린드버그가 지금까지 갇혀 있던 '일본어만의 세계'로부터 해방시켜 주었기 때문에 '자국의 언어를 밖에서 바라보는 새로운 경험으로 초대해 주었다'는 것이다. 그리고 걸핏하면 일본으로부터 도망치려고 했을 때 '당신의 나라에는 '사요나라'가 있다며, 생각해 본 적도 없는 용기를 주었다'라고 말하고 있다. 즉 일본인에게 '사요나라'는 용기와 힘을 주는 말이다.

'사요나라'의 힘

'사요나라'의 아름다움

야마기시 가이시山岸外史(1904~1977)는 일찍이 동인同人 동료인 다자이 오사무太宰治 앞으로 '이 세상에서 가장 아름다운 말은 사요나라다'라는 엽서를 보냈는데, 이로써 많은 생각을 담은 이별을 결심했다고 말했다(야마기시 가이시 『인간 다자이 오사무人間太宰治』). '사요나라'라는 말을 아름답다고 받아들이는 것은 비단 스가나, 야마기시뿐만이 아니다. 언어학자나 문학자가 아닌, 우리도 '사요나라'를 아름답다고 인식한다.(NHK의 한 조사에 따르면 일본인이 선택한 가장 아름다운 표현으로 '아리가토우'와 '사요나라'가 있었다)

다나카 히데미쓰田中英光(1913~1949) 또한 '사요나라'

를 아름다운 말로 인식했다. 전형적이면서도 약간 과장되게 표현한 다음 문장을 살펴보자.

'사요나라'라는 말의 아름다움은 표현의 본래 성격만 알아도 여타 장황하게 설명할 필요가 없을 것이다. … '헤케平家'의 슌칸俊寬이 기카이케 섬에서 친구와 생이별을 한 뒤 고독한 섬의 귀신이 되지 않으려고 하는 부분은 이별의 아름다움이라기보다는 오히려 추함을 드러낸다. 서양인이라면 아름다운 이별의 말 '사요나라'를 끝내 말하지 못했던 슌칸의 고통 그리고 슌칸의 인생에 대한 집착에 대하여 공감하며 인간미 넘치며 아름답다고 할지 모르겠다. 하지만 동양의 체념의 미를 알고 있는 우리는 오히려 얼굴을 돌리고 싶을 만큼 반감이 든다. 왜냐하면 우리는 다이난 공大楠公(구스노키 마사시게)의 헤어짐의 아름다움을 동경하고, 슌칸의 한심함을 버리고 싶다고 생각하기 때문이다.

〈사요나라의 아름다움さようならの美しさ〉

이 글은 그를 가장 유명하게 만든 글인 〈사요나라〉가 세상에 모습을 드러내기 7년 전에 쓴 글이다. 다나카가 린드버그의 글을 접하고 쓴 이 글에는 '단어의 본래 성격' 측면에서 '사요나라'의 아름다움이 강조되어 있다.

쇼와17년(1942년)에는 전쟁이 한창이었다. 그러한 특수한 시대상황도 어느 정도 반영되었겠지만, 여기서 다나카는 별 의미 없이 가볍게 '사요나라'라는 말을 칭송하고 있다.

그가 말하는 '사요나라'의 아름다움을 요약하면 '동양적인 체념의 아름다움'이다. 예부터 일본인은 불가피한 상황에 처하면 그것을 '꼭 그래야 한다면, 그럴 수밖에 없다면'이라는 식으로 조용히 체념하고 과감하게 이별에 대처해 왔기에 '사요나라'를 이별의 표현으로 삼았다는 것이다. 그리고 이어서 서양인의 경우 슌칸과 같이 집착하는 모습을 보고 공감하며, 인간미를 발견할지도 모르나 사실은 추악하면서 한심하다고 비판했다. 그런 다음 그는 '구스노키 마사시게楠木正成가 이루어낸 헤어짐의 아름다움'과 대비하여 다음과 같은 예를 들었다.

-'생각해보라, 독약을 들이켜고 신음하며 죽어갔던 한니발을, 세인트헬레나 섬에서 궁핍하게 죽어간 나폴레옹을, '브루투스, 너마저'라고 외치며 죽은 시저를, 오토바이 사고로 참사한 아라비아의 로렌스를, 이 사람들 어느 누구도 사요나라를 확실히 말하지

못했다. 그들은 고통에 몸부림치는 죽음을 맞이했다. 다이난 공이 동생 마사스에에게 작별의 말을 할 때의 아름다움과 빛남을 기억하라.'

다이난 공大楠公의 이별

다나카는 앞서 사요나라를 말하지 못하고 고통스럽게 죽어간 서양인들과는 달리 구스노키 마사시게楠木正成의 '이자사라바'는 아름다움과 밝음을 지녔다고 말했다. 다음은 『다이헤키太平記』에 나타난 마사시게 형제의 전사 장면으로, 다나카가 인용한 부분이다.

此勢にても打破て落ば落つべかりけるを、楠京を出しより、世の中の事今は是迄と思ふ所存有ければ、……楠が一族十三人、手の者六十余人、六間の客殿に二行に並居て念仏十返計同音に唱て、一度に腹をぞ切たりける。正成座上に居つつ、舎弟の正季に向て、「抑最期の一念に依て、善悪の生を引といへり。九界の間に何か御返の願なる」と問ければ、正季からくと打笑て、「七生まで只同じ人間に生れて、朝敵を滅さばやとこそ存候へ」と申ければ、正成よに嬉しげなる気色にて「罪業深

き悪念なれ共我も加様に思ふ也。いざさらば同く生を替て、此
本懐を達せん。」と契て、兄弟共に刺違て、 同枕に臥にけり。

『다이헤키太平記』

부분적이긴 하나 제1장에서도 인용된 내용이다. 마
사시게正成는 전쟁에 패하고 수도를 떠나 '지금은 여
기까지'라고 말한 다음 목숨을 끊는다. 당시 마사시
게는 죽음 직전의 생각(최후의 일념)을 동생 마사스에
正季에게도 묻는다. 동생은 일곱 번을 다시 태어나도
인간으로 태어나서 국적國賊을 멸할 것이라고 대답하
며, 형은 이를 몇 번이고 확인한다. 결국 형은 자신
의 뜻과 같음에 만족하며 '이자사라바'라고 말한 뒤
서로를 찌르고 죽어간다.

여기에서 '이자사라바'는, 동생 마사스에의 생각을
묻고 '나도 그렇게 생각한다'라는 말을 들은 뒤 '그
렇다면… 맹세하고… 서로 찌르자'라는 행동을 하기
직전에 건넨 말이다. 문맥 전체로 보면 '그렇다면'이
라는 접속사일 수도, '그렇다면 그래 좋다, 이제 마지
막이다, 사라바'라는 이별의 말일 수도 있다. 제1장
에서 접속사와 이별의 말이 애매하게 쓰인 예와 같
다. 그러나 다나카는 이것을 이별을 대표하는 표현으

로 들었다.

'사요나라'의 힘

〈사요나라의 아름다움〉은 다음과 같이 끝난다.

―일본인에게 '체념'과 '선선히'란 나태와 버릇없음을 뜻하는 게 아니다. 다이난 공이 최후에 했던 말인 '이자사라바'는 사람이 할 수 있는 일을 다 하고 선선히 천명을 기다림과 동시에 달성하지 못한 목표를 다음에 이루겠노라며 결의할 때 쓰인 말이다. 영국군인은 패배하면 깔끔하게 포로가 된다. 반면에 일본군인은 포로가 되느니 차라리 자결을 한다. 이렇듯 깔끔함에 대한 차이 때문에 우리는 '사요나라'라는 말을 듣게 된 것이다.

지금이야말로 우리 일본인이 사요나라의 아름다움을 분명하게 인식해야 할 시기가 아닐까?―

다나카는, '이자사라바'는 인간이 할 수 있는 것을 다 한 뒤 천명을 기다릴 때, 즉 다음을 위한 결의를 할 때 쓰는 표현이며, 다른 민족과의 차이는 포로의 마음가짐에서 극명하게 드러난다고 강조하고 있다. 그는 지금이야말로 일본인 자신이 사요나라의 아름다움을 인식해야 하는 시기라며, 전쟁의 한복판에서 자신을 비롯한 출정 군인을 설득하고 있다.

'인간의 할 일을 다 하고, 선선히 천명을 기다리는' 그 사이에 연결되는 것이 '꼭 그래야 한다면, 피할 수 없다면의 사요나라'라는 관점인데, 이는 나중에 다나카가 주장한 이론의 함정이 되고 만다.

그 함정이란 다나카가 '선선히 체념'하는 일본인의 의식에 대해 부정적인 생각을 가지게 되면서 혼란이 빚어진 것을 말한다. 그 점에 대해서는 나중에 자세히 검토해 볼 것이다. 어쨌든 많은 일본인이 '사요나라'에 의지하며 어떻게 해도 되지 않는 부정적인 사태를 그대로 받아들이고 결의하며, 헤어지는(죽는) 일을 해온 것은 사실이다. 물론 여기서 아름다움과 힘을 발견할 수도 있다. 하지만 스가가 말했던 것과는 조금 다른 의미가 될 가능성도 있다.

린드버그가 찾아낸 것은 '순순한 포기'가 아니었다. '감정이 불처럼 타오르기보다 조용히 그을려 있으며 잿불처럼 여리게 남아 있는 것, 또 그 자체는 아무것도 말하지 않는 사요나라'이자 '말로 하지 않는 굿바이 그리고 마음을 다해 손을 잡은 따스함을 함께 하는 표현으로서의 사요나라'였다. 그렇기에 '사요나라'는 '지나치게 말하지도 또 부족하지도 않다'라고 평가될 수 있었던 것이다. 스가가 중요하게 생각한 것도 바로 이런 점임은 두말할 필요가 없다.

모리 마리森茉莉 『가시刺』에 그려진 헤어짐

모리 마리森茉莉(1903~1989)는 『가시』라는 단편소설을 지었다. 여기에는 린드버그의 표현처럼 '모든 감정이 조용하게 그을려 있고, 잿불처럼 되어 있으나 그 자체는 아무 말도 하지 않는 사요나라'와 '말로 하지 않는 굿바이, 마음을 다해 손을 잡은 따스함의 사요나라'가 담겨 있으며, '지나치게 말하지도 또 부족하지도 않은 헤어짐'이 그려져 있다. 여기서 잠깐 소개한다.

마리茉莉는 모리 오가이森鷗外(1862~1922)의 장녀로 어렸을 때부터 아버지의 사랑을 듬뿍 받고 자랐다(—

내가 큰 병에 걸려 생사의 기로에 있을 때 아버지가 어머니에게 한 말—"그러고 보니 나는 마리를 어디에 데려갈까, 마리에게 무엇을 보여줄까, 늘 마리만 생각하며 살아왔다"). 그런 그녀가 일찍 결혼하게 되었다. 마리는 그때부터 아버지가 자신을 피하고 쌀쌀맞게 대한다고 느꼈고, 자신도 불안한 느낌이 들었다고 말한다. 그러다가 남편이 유럽에 전근가게 되자 그녀도 바로 그곳으로 떠나게 되었고, 이별의 순간이 찾아왔다.

발차 벨이 울리자 불안하게 붙잡고 있던 나의 마음을 현실로 돌렸다. (이제 정말 이별이다)라는 분명한 하나의 생각에 마음을 내맡겼다. 순간, 나는 이상한 감정에 사로잡혔다. 차가 흔들리기 시작했을 때, 내 시선은 아버지의 얼굴로 향했다. 아버지는 미소를 짓더니 고개를 두세 번 끄덕였다. 어렸을 때부터 보았던 미소였다. 애정에 가득 찬, 바로 그 미소 말이다. 아버지의 얼굴이 희미해지자 나는 어린아이처럼 울기 시작했다.

결국 그녀는 이렇게 아버지와 이별하게 된다. 헤어질 때의 계절은 봄이었는데, 그해 여름 아버지 오가이가 세상을 떠났다. 지병을 가족에게 숨기고 있었던 오가이는 이때 이미 죽음을 각오하고 있었을 것이다. 결혼 후부터 이별의 순간까지 아버지 오가이와의 서먹서먹한 사이에 불안해했던 마리는 나중에 어머니로부터 다음과 같은 사실을 듣게 되었다.

그러던 어느 날 나는 어머니와 이야기 하던 도중 왜 아버지와 이상한 관계가 되었는지 알게 되었다. 내가 섭섭함을 느끼고 있을 무렵, 어머니도 이를 이상히 여겨 아버지께 물어보았던 것이다. 아버지는 "마리는 이제 다마키(남편)와 친해져야 해. 그래서 내가 이러는 거야"라고 대답했다. 아버지는 일부러 나를 멀리했던 것이다. 다가올 이별의 섭섭함을 참으려고 말이다. 아버지는 자신의 죽음이 머지않았다는 것도 생각하고 있었을 것이다. 나를 슬프게 하고 싶지 않아, 되도록이면 알리지 않으려 한 것이었다. 내가 유럽으로 가는 편이 좋다고 생각하셨을 것이다. 아버지는 남편이 사는 곳으로 가고 싶어 하는 내 마음을 아시고, 또 남편이 아버지께 보낸 편지를 읽으시고는 내 편이 되어주셨다. 약해진 몸으로 내가 유럽에 가는 것을 반대하던 사람들을 찾아가 설득해 주었다. 정류장에서는 다시 살아서 만날 수 없는 딸을 보고 슬픔을 억누르셨으리라. 정류장에서 아버지를 보았을 때, 나를 엄습해 온 불안함은 아버지가 느끼고 있었던 죽음이었다. 아버지가 감지하고 있었을 우리의 영원한 헤어짐이었다. 나의 철없던 가슴에 파고들었던 것은 아버지의 통곡이었다.

이 글에는 '사요나라'라는 말이 나오지 않는다. 하지만 다시 '감정이 불처럼 타오르기보다 조용히 그을려 있다. 모든 감정이 잿불처럼, 여리게 남아 있다. 그 자체는 아무것도 말하지 않는다. 말로 하지 않는 굿바이면서, 마음을 담아 손을 잡는 따뜻함이다'라고 했던 앤 린드버그의 문장과 딱 맞아 떨어지는 이별을 읽을 수 있다. '꼭 그래야 한다면'의 상황을 조용히 각오하고 받아들인 것이다.

이와 같은 모리 마리의 소설에서는 아버지 모리 오가이의 생애 전반의 체념resignation을 확인할 수 있다. 그러나 그 '체념'은 결코 '순순히, 선선히, 내맡기듯이'의 느낌은 아니다. 모리 오가이는 『망상妄想』에서 자신을 '영원한 불평가'라고 표현했다. 마음에 내재하고 있는 '좀 더, 앞으로도 계속'이라는 생각을 있는 힘껏 억눌러 가까스로 이루어낸 체념이 아닐까?

패배적인 무상관으로서의 '사요나라'

'사요나라'는 천박한 허무주의

다나카가 〈사요나라의 아름다움〉을 쓴 것은 쇼와 17년(1942년)으로 태평양전쟁이 벌어진 초기였다(이 글은 방공신문에 게재되었다). 그러나 전쟁이 끝나자 다나카는 쇼와24년(1949년)에 이전 취지를 전부 부정하며 〈사요나라〉라는 글을 쓰게 된다. 지금부터 그 내용을 알아보자(이후 인용되는 글은 전부 〈사요나라〉에서 발췌).

'사요나라'는 '그렇게 하지 않으면 안 되기 때문에, 헤어집니다'라는 뜻에서 비롯되었으며 패배적인 무상관이 흐르며 선선히 죽음의 세계를 선택하는 일본인다운 작별의 표현이다. …

사요나라는 '신이 당신 곁에 늘 함께 하시길, 그런 것도 아니라면 다시 만날 날까지'와 같은 감미로운 부탁도 없이, 허무한 이별을 에둘러 말하는 일본어다. 나는 이러한 허무함과 이별의 표현만이 남은 일본의 상황을 보고 역사와 사회 전체의 빈곤함을 느꼈다.

앞서 '사요나라'를 깔끔한, '동양풍의 체념의 미'라고 칭송했던 그가 이번에는 '패배적인 무상관', '허무한 이별'로 표현하며 '사요나라'를 비판하고 있다.

다나카가 비판했던 구체적인 인물의 예로는 아코로시赤穗浪士, 노기다이쇼乃木大将, 군국의 처녀, 기와조각을 보석조각으로 착각한 이 전투의 많은 희생자, 또는 사쿠라다 열사桜田烈士, 나카오카 료이치中岡良一, 아마카스甘粕 대위, 5·15, 2·26사건과 관련된 열사들이 있다. 또 좀 덧붙이자면 아리시마 다케로우有島武朗, 아쿠타가와芥川, 다자이太宰 씨 등을 추가하여도 좋다.

즉 다나카는 자살자와 암살자가 신처럼 경애되는, 어리석은 일본민족이 지닌 허무주의를 날카롭게 비판하려 한 것이다.

다나카 자신도 출정했던 전쟁 때문에 많은 일본인

이 사별을 포함한 이별을 하게 되었고, 그때마다 '사요나라'를 보고 들었을 것이다. 그는 일본인의 유일한 이별의 말인 '사요나라'가 지니고 있는 '천박한 허무주의' 성질을 척결하려고 노력했다.

'불가피한 운명주의자'의 인사

일본인의 전쟁도덕관은 '살아 돌아가려고 생각하지 마라'이다. 출정을 할 때, 다시 만나기를 기도하는 이별의 표현은 있을 수 없다. 결국 '피할 수 없는 운명이라 헤어져야 한다'라는 뜻의 '사요나라'가 제일 어울린다. 거기에 더해 여성의 경우는 '사요나라'에 '고멘구다사이'를 붙인다. '이러한 운명을 용서해주세요'라며 강권强權에 대해 비굴하게 사죄하고 있는 것이다. 마치 노예의 말처럼 흐리멍덩해졌다고밖에 설명할 길이 없다.

문제는 여기에 나온 '강권'이 무엇이냐는 것이다. 본래는 '강대한 권력'이라는 의미이기에, 당시 상황에 비추어 볼 때 군부나 정부의 권력을 칭하는 것이 맞을 것이다. 하지만 다나카가 지적한 것은, 일본인은 그것을 금방 운명이나 필연, 팔자, 어찌할 수 없는 커다란 불가피한 힘의 탓으로 돌린다는 점이다.

그리고 그것은 다른 누구보다 다나카의 문제이기도 했다. 그는 다음과 같이 기록하고 있다.

'내가 죽인 중국청년의 시체의 얼굴을, 아직도 온기가 남아 있는 그 얼굴을 군화로 차며 '사요나라'를 마음속으로 중얼거렸다(나의 손이 그 청년을 죽인 것이 아니라 전쟁이라는 운명이 그 청년을 죽였다는 체념이었다).

또, 일본군에 징용되기를 거부하며 황하 강변 절벽에서 뛰어내리는 소년의 뒷모습을 보며 마음속으로 '사요나라'만을 외쳤다(그렇게 될 운명인 것이다. 어쩔 수 없다. 그럼 안녕히. 용서 바란다). 함께 출정한 젊은 군인들의 비참한 죽음을 보고도 (멈출 수 없는 운명주의자가 된 나는 그것을 그들의 숙명일 것이라고만 느꼈다) 너무나도 간단히 사요나라만 말하게 되었다.

이처럼 다나카는 전쟁 중에 쉽게 말했던 수많은 '사요나라'의 장면을 회상하며 다시 '패배적인 무상관'과 '천박한 허무주의'로 단죄하고 있는 것이다.

이별의 말로 '오르보아Au Revoir'나 '본 보이지Bon Voyage' 등을 말하는 프랑스인들은 전쟁을 천재지변과 같은 불가피한 운명으로 여기지 않고, 나치의 점령을 당할 때도 불굴의 저항운동을 계속했는데, 사랑하는 사람과 헤어질 때도 '사요나라'밖에 말하지 못하는 일본민족은 군벌의 독재혁명을 접하고도 어떠한 저항도 하지 않았다는 것이다.

'자연'에 따르려는 경향을 지닌 일본인에게는 '이것이 시대의 흐름이다! 대세이다!'라는 표현만 써도 손쉽게 '저항 받지 않는 정치 상황'을 형성할 수 있다. 이 문제는 다음 장에서 '자연스레'의 양의성兩義性의 면을 검토할 때 다시 정리하도록 하자.

어찌 되었든 전쟁을 체험하고 자기비판을 한 다나카는 전쟁 후, 공산당 운동을 시작한다. '그럴 수밖에 없다면'이라고 읊조리며 '불가피한 운명'에 끌려 다닌 것에 대한 반동反動이었을 것이다.

새로운 '사요나라'의 몽상

하지만 다음과 같은 글을 쓰고 며칠 후 다나카는 다자이 오사무의 무덤 앞에서 약을 먹고 손목을 끊어 자살하고 만다. 즉 어떻게 보면 유서라고 할 수 있는데, 마지막 부분에 보면 다음과 같이 쓰여 있다.

지금 이렇게 하면서, 나도 모르는 사이에 이미 '사요나라'라고 말하고 있음을 깨달았다. 형용할 수 없는 고통이다. 어처구니없다. '사요나라'(그렇게 될 운명이었다).

싫다. 적어도, (다시 만날 날까지)라는 바람이 들어간 일본어가 이별의 표현이 되길 바란다….

…'사요나라'는 너무 차갑다. 헤어짐의 일본어로 사요나라를 없애고 새로운 표현을 발명해보자.

언어를 발명할 수 없는 것은 물론이거니와 설사 발명이 가능하다고 해도 그것에 마음을 담아 사용할 수 없다. 그도 충분히 알고 있었을 것이다. 다나카는 이미 '죽은 자의 감각'으로 이 글을 써내려가지 않았을까.

결국 다나카는 다른 표현을 발명하지 못한 채 '사요나라'를 말하고 세상을 떠나게 되지만, 그것은 '패배적인 무관심', '천박한 허무주의'가 아니었다. 마지막에 가까스로 생각해낸 '사요나라'였으며, 이어지는 글에서 알 수 있듯이 환상적인 리듬 속에서 울려 퍼지는 '사요나라'였다.

나의 귀에는 볼레로[30]처럼 밝고 원시적인 생명의 리듬이 귓가에 홀연히 울려 퍼질 때가 있다. 맑게 갠 초가을의 오후, 아카시아 꽃들이 하얗게 피어 향이 퍼지는 강가, 그 푸른 강 수면에 하얀 보트를 띄운다. 나의 몸과 마음을 빨아들이고, 가득 찬 만족감으로 흔들고 움직이며, 나 자신을 잊어버릴 정도로 도취로 이끌어 주는, 그 사람이 눈앞에 있다. 나는 가볍게 노를 젓는다. 이러한 환상의 기억이 되살아 날 때가 있다.

… 다른 날, 다시 한 번, 그러한 날이 다시 오는 것을 조심스럽게 믿으며, 그때 나 자신의 부활을 희망하는 것도 이상하지 않을 터이다(그럼, 그날이 올 때까지 '사요나라'. 나는 어딘가에 반드시 살아 있을 것이다. 산다는 것이, 아무리 힘들고 끝나지 않을 어려운 과제일지라도).

다나카는 '사요나라'라고 말하고 있지만 '어딘가에 반드시 살아서'라고 덧붙였다. 언젠가 '부활된다는 기대'를 하고 있는 것이다. 그의 글의 '그럼, 그날까지'라는 표현도 역시 같은 기대의 표현이라고 추측할

---

30 볼레로 : 4분의 3박자로 된 스페인의 댄스 또는 곡. ─옮긴이

수 있다. 다나카는 이 글을 쓰고 바로 자살을 했다. 유서의 마지막 한 문장인 '산다는 것이, 아무리 힘들고 끝나지 않을 어려운 과제일지라도'에는 삶에 대한 애착이 있는 것처럼 보이기에 아직도 해석이 불분명한 과제로 남아 있다. 다나카가 말한 그 '산다'는 말이 이미 이 세상에서 '산다'는 것과 다른 의미를 가지고 있는지도 모르겠다.

어찌 되었든 '나조차 잊는 도취'를 꿈꾸며 중얼거리던, 다나카의 '사요나라'는 과거를 바탕으로 현재를 정리해 보트에 싣는다. 이는 미래와 연결을 끊으려하는 의미와는 명백하게 다르다. '그렇다고 한다면'이든 '꼭 그래야만 한다면'이든 거기에는 명백한 의식을 바탕으로 한 총괄·자각이 요구되기 때문이다.

다나카의 '사요나라'는 온 힘을 다해 밝은(명백한) 리듬의 몽상 안에서 언젠가 부활하기를 바라고 있기 때문에, 피할 수 없는 것으로 여기고 '순순히' 따르는 '패배의 무상관'과는 다른 것으로 표현되었다고 할 수 있다.

일본인의 무상관은 '자연스레'(계속해서 변해가는 흐름)와 겹치고, 병존해 왔음을 이미 지적한 바 있다.

그러나 그 무상관이 반드시 차갑고, 부정적인 인생관·세계관인 것만은 아니다. 오토모 다비비토大伴旅人의 '이 세상에서 즐겁다면'이라는 말이 끝도 없는 낙천주의가 아니고 오늘을 소중히 여기며 '한 마디 한 마디'의 리듬으로 여겼던 것과 같은 이치이다.

　다만, 이 시기의 다나카에게는 이미 그러한 생각이나 리듬은 느껴지지 않았을 것이다. 전쟁이라는 현실이 그리고 전쟁 후 한층 더 심해진 현실의 굴레가 그것들을 덮어버렸던 것이 아닐까.

제6장

'사요나라'와 '체념'
그리고 '슬픔'

宿世のほども、みずからの心の際も残りなく見はてて心やすきに……

숙세宿世의 변변치 않음도 내 자신의 한계도 남김없이 알아버렸다……

『겐지모노가타리源氏物語』

'자연스레'와 '스스로' 사이의 틈

'사요나라'에 대한 두 가지 평가

다나카 히데미쓰田中 英光는 '사요나라—꼭 그래야 한다면'에 대해, 완전히 다른 두 가지 평가를 내렸다. 하나는 그렇게 될 수밖에 없는 상황을 받아들여 단호하게 헤어지는 '깔끔함과 아름다움'의 사요나라이고, 또 하나는 상황에 저항하지 않고 아예 포기해버리는 '패배의 무상관無常觀', '천박한 허무주의'의 사요나라이다.

'사요나라'의 이러한 양면적 평가를 염두에 둔 채 이제부터는 조금 시야를 넓혀 그러한 평가의 배경으로 예상되는 일본인의 발상發想의 경향에 대해 알아보고자 한다. 나중에 통합해서 검토해보겠지만, 제4장에서 보았던 '사요데아루나라바(그렇다고 한다면)'의 고찰과 깊은 관련이 있다.

먼저, 다나카가 비판했던 일본인의 심적 경향의 문제부터 검토해보자. 그는 '강권强勸'을 운명, 팔자, 어쩔 수 없는 힘이라 여기고 이를 피할 수 없다고 받아들이는 일본인을 강하게 비판했다. 필자는 그러한 일본인의 경향이 '자연스레'와 '스스로'의 틈에서 생기는 문제라고 생각한다. 필자의 또 다른 책인 『'자연스레'와 '스스로'의 사이おのずからとみずからのあわい, 2004』에서는 일본인의 기층基層의 문제로서 이 점을 논하고 있다. 앞으로 하게 될 검토도 같은 흐름이 될 것이다.

'결혼하게 되었습니다'

일본어로 '자연스레(오노즈카라)'와 '스스로(미즈카라)'는 둘 다 한자 '自'를 사용한다. 거기에는 '자연스럽게' 이루어진 것과 '스스로' 이룬 것이 별개가 아니라는 이해가 바탕에 깔려 있다. 일본인은 '이번에 결혼하게 되었습니다', '취직하게 되었습니다'라는 말을

자연스럽게 한다. 이 화법을 통해 아무리 본인 스스로 그 일을 했다고 하더라도, 자연히 그렇게 된 것이라고 생각하는 일본인의 수용방식을 볼 수 있다. 조동사인 '레루, 라레루れる·られる'가 자발自發, 수동受動, 가능, 존경이라는 다양한 용법을 담당한다는 점에서도 같은 사실을 확인할 수 있다. 보통 우리는 의식하지 않고 상황에 따라 조동사인 '레루, 라레루'를 쓴다. 그렇게 '느껴졌다'라든가 그렇게 '생각되어서'처럼 어쩔 수 없이 그렇게 된 듯한 '자발'의 의미가 함축된 표현을 쓴다. 또 '이 버섯은 먹을 수 있다', '갈 수 있다'와 같은 가능의 표현도 있다. 또 선생님이 '오신다'와 같은 '존경'의 의미도 있다(이 모든 표현들을 '레루, 라레루'라는 조동사 하나로 만들 수 있다.─옮긴이).

이처럼 우리는 '자발'이 '수동'이고, '수동'이 '가능'이며 '존경'이라는 생각을 무의식적으로 하고 있으며 이러한 미묘한 용법을 자유롭게 바꿔 쓰고 있다. 이 다양한 용법 전체에 동질同質이라는 생각이 깔려 있기 때문이다. 생각해보면 확실히 '느껴지다, 생각되다'와 같은 표현은 자신이 생각한다는 의미뿐만 아니라 자발의 의미도 되고, '그런 식의 느낌을 받았다'라는 수동의 표현이 되기도 한다. 또는 그렇게 '생각할 수 있다. 느낄 수 있다'와 같은 가능의 표현으로 바꾸어 쓸 수도 있다. 그리고 자신을 초월한 어떤 존재의 시점에서 보면, '생각하시다'가 되므로, '존경'의 의미도 될 수 있지 않은가.

일본어의 데키루できる[31]라는 동사의 예도 들어보자. '데키루'를 한자로 쓰면 '出来る'인데, 원래 '나오다'라는 뜻이 있었다. 주체적인 노력과 행위뿐만 아니라 자연의 작용에 의해 사물의 실현이 이루어진다는 생각 때문에 '나오다'가 '가능하다'의 의미를 가지게 되었다는 설이 있다.

제4장에서 본 일본 옛날 신화의 처음에 나오는 동사가 '나루成る(되다)'이다. 마루야마 마사오丸山眞男가 일본인의 근본 가치관이 '점차 변해가는 흐름'과 '자연스레 되어가는 논리'라고 지적했는데, 그의 날카로운 통찰력을 다시 한 번 확인할 수 있다.

---

31 데키루できる : 할 수 있다, 완성되다, 잘하다의 뜻이 있음. - 옮긴이

자연스레＝스스로

우리에게 익숙한 소설 스타일로 사소설私小說이라는 것이 있다. 근대 일본의 자연주의자라고 불린 문학자들이 시작했으며, 주변에 일어난 사건들을 속속들이 드러내면 그것이 '자연스레' 소설이 된다는 원리이다. 그들의 모토는 진실하고 자연스러운 화법으로 숨김없이 현실을 폭로해가는 것인데, 폭로된 현실의 주제는 대개 엉클어진 남녀관계, 가족관계와 같은 비통한 현실이었다. 현실을 폭로한 한 소설가의 예를 보자.

무엇이든 어쩔 수 없다. 그 지조 없음, 그것이 사실이기 때문에 어쩔 수 없다. 사실! 사실!

다야마 가타이田山花袋 『이불蒲団』

인간의 한심스러움, 그러나 이것이 인간이다. 이것이 자연이다.

다야마 가타이田山花袋 『삶生』

이처럼 '자연주의'는 자기변호와 현실을 무조건 용인하고 있다.

(그렇다고 해서 근대 일본을 성실하게 표현했던 자연주의문학을 전면 부정하자는 것은 아니다. 무엇보다 일본인이 그러

한 생각을 하고 있었기에 그러한 문학도 생겨난 것이 아니겠는가) '이번에 결혼하게 되었습니다'가 문자 그대로, 되어가는 과정이라면 혹시 그 결혼이 잘 되지 않아 이혼하게 되었다고 해도 그때는 '이번에 이혼하게 되었습니다'라고 말하게 된다. 즉 여기서는 일의 당사자가 존재하지 않는 것이 된다.

이러한 사고방식에는 자신과 자연 또는 자신과 타자간의 암묵적인 동일성, 연속성이 전제되어 있다. 그래서 '어리광'으로도 '무책임의 체계'로도 비판받기도 하는 것이다. '무책임의 체계'의 예로 '전쟁전의 천황제'를 들 수 있다. '개인적으로 반대이지만, 이렇게 된 이상 따를 수밖에 없다, 반대하고 싶어도 권한이 없었다, 법규상 무리였다'와 같이 핑계를 대는 일본인이 적지 않았다. 마루야마는 이를 비판한 것이다.

다나카도 같은 비난을 했다. 자기 '스스로'의 생각으로 비판하고 노력하는 것이 아니라 중대한 사태가 일어났을 때, 아예 저항할 수 없는 자연의 운명과 천재天災로 받아들였던 일본인의 나쁜 경향을 지적한 것이다.

스스로≠자연스레

그러나 '스스로'와 '자연스레'의 관계는 그러한 면만 있는 것은 아니다. '이번에 결혼하게 되었습니다'는 정말 자기변호만 나타내는 말일까? 결혼상대를 만나게 된 것, 또 그 후의 좋고 나빴던 일, 혹은 지인의 도움을 모두 포함해 '스스로'는 다 할 수 없었던 일이 서로 작용하면서 드디어 결혼이라는 지점에 도착하게 되었다는 뜻일 수도 있다. 즉 '자신'을 초월한 존재의 작용에 대한 감수성이 드러난 말일 수도 있다는 것이다.

뛰어난 사상과 문학(자연주의 문학)은 그러한 감수성을 예민하게 갈고 닦아 일본인이 자칫하면 빠지기 쉬운 나쁜 경향을 비판한 결과 탄생하게 된 것이다.

자연주의와 신란의 사상은 어떤 관련이 있을까? 신란은 자연주의를 닮았다고 일컬어진다. 신란은 우리가 아무리 번뇌해도 어쩔 수 없는 사실을 주시하며 읍소했고, 그러한 행위로 아미타불의 힘을 받아 구원을 받을 수 있다고 설파했다. 신란에게 아미타불(우리가 믿고, 그로 인해 구원을 받는 것)은 '자연의 작용'을 단순히 말만 바꾼 것과도 같았다.

신란의 사상은 확실히 자연주의에 가까운 것처럼 보이고, 또 공통되는 부분이 많은 것도 사실이다. 그러나 근대의 자연주의와 결정적으로 다른 점이 있다. 신란은 '스스로' 하는 행동을 절대 아미타불의 '자연'의 작용과 겹치는 것으로 받아들이지 않았다. 자연주의 문학에서 '스스로'와 '자연스레'는 연속, 즉 일체성을 지니는 반면, 신란은 '스스로'의 행동은 어디까지나 자력의 범위에 속하고, '자연'의 작용은 어디까지나 타력, 절대타력이라고 주장했다. '자연'(아미타불)이 절대 타의 힘으로 작용함으로, 우리가 그 힘에 의해 구원받을 수 있으며 거기에서부터 절대타력에 대한 '믿음信'이라는 어려운 수행이 시작되는 것이다.

스스로 = ≠ 자연스레

이제까지 알아본 것을 기요자와 만시清沢満之(1863~1903)라는 근대 사상가를 통해 정리해 보자.

기요자와 만시는 근대에 『단니쇼歎異抄(탄이초 : 한국출판서적명―옮긴이)』를 다른 시각으로 재정립한 정토진종의 승려이자 본격적으로 서양철학을 배웠던 철학자이다.

기요자와는 '무한無限'과 '유한有限'이라는 용어를 두고 다음과 같이 질문했다. ─우리 인간은 유한한 존재로 살아가고 있다. 그리고 무한한 존재가 있다고 한다면 유한과 무한은 하나인 것일까 아니면 별개의 것일까.

별개의 것이라면 무한의 밖에 유한이 있는 것이 되어버린다. 이것은 무한이라는 사고방식에 반反하는 것이다. 고로 무한 밖에 유한이 있어서는 안 된다고 지적했다. 즉 무한, 유한은 동일체가 되지 않으면 안 된다는 것이다.

그러나 반대로 유한의 시각에서 바라본다면, 즉 우리 쪽에서 본다면 어떠한가? 유한은 확실히 한계와 구별이 있다. 한계가 있기 때문에 유한은 한계가 없는 무한과 일체가 될 수 없다. 그러므로 혹시 무한이라는 것이 있다고 한다면 그 무한은 유한의 밖에 있지 않으면 안 된다고 주장한다.

기요자와의 생각을 그대로 '스스로'와 '자연스레'의 관계에 빗대어보자. '자연'이 볼 때에 우리 '스스로'의 작용도 그 안에 있다. 그러나 '스스로'의 관점에서 본다면 '자연'의 작용은 어디까지나 밖의 활동이다. 우리로서는 어쩔 수 없는 다른 작용인 것이다.

니시다의 〈절대모순적 자기동일絶対矛盾的自己同一〉이라는 글도 절대모순이면서 하나라는 사고방식에서 나온 것이다. 니시다의 형제인 미키 기요시三木淸(1897~1945)는 '우리의 행위는 우리가 행하는 것이면서, 또 우리에게 이루어진다는 의미를 가지고 있다'(『철학입문哲學入門』)라고 주장했다. 요약하자면 '스스로'라는 것은 '자연'의 안에 있으면서 또한 이전부터 밖에 있었다는 것이다. 지극히 미묘한, 그러나 또 지극히 중요한 문제가 신란과 기요자와, 니시다 그리고 미키에 의해 제기된 것이다.

'자연스레'에 해당하는 일본어의 고어는 지금의 현대어처럼 '자연의 과정, 당연함'을 의미했다. 그리고 '만일, 우연히'의 의미로 쓰일 때도 있었다. 인간이 볼 때 우연이라고 생각되는 일도 더 높은 차원인 우주에서 본다면 당연히 일어나야 하는 과정이라는 설득이 포함되었기 때문이다. 동시에 '자연'의 일은 '스스로'의 영위와는 상관없이 다른 작용으로 움직이고 있다는 설득도 된다. 죽음도 역시 의외의 사건이 아니므로 납득해야 한다는 뜻이 된다.

'스스로'와 '자연스레'가 같은 것이면서도 아니기도

하다는 의견 사이에는 '틈'이 생긴다. 인간 존재가 자연이면서, 또 아니기도 하다는 아주 보편적인 문제이다. 여기에서는 특수 일본적인 사상표현이 제기되고 있지만, 사실 일본인의 사상에 국한된 것이 아니다. 현재 이러한 응용논리가 다양한 분야에서 적용되고 있다. 최첨단 과학의 시각에서 어디까지가 '자연'의 영역이고, 어디까지가 '스스로'의 영역인가를 연구하는 것도 그 '틈'에 대한 고찰이라고 할 수 있겠다.

체념과 슬픔

체념의 두 가지 평가

다나카 히데미쓰가 '사요나라'에 대한 상반된 평가를 내린 것도 결국 이 '스스로'와 '자연스레'를 어떻게 받아들일 것인가라는 문제였다고 생각한다. 그리고 그것은 다나카가 반복해서 말했던 '체념'에 대한 문제이기도 하다.

큰 힘을 그대로 인정하고 그것을 적극적, 주체적으로 받아들이려고 하는 결연한 '체념'인가, 아니면 모든 것을 그 힘의 탓으로 돌리고 비굴하게 따르는 '패배의 무상관'으로서 체념인가에 대한 두 가지 평가인 것이다.

우리는 아무 노력도 하지 않고 좌절하는 사람에게

'쉽게 포기하지 마'라고 말하며 설득한다. 그러나 또 어떤 경우에는 아무리 노력을 해도 되지 않는 것이 있음을 깨끗이 받아들이기 바라며 '포기하는 것이야 말로 정말 중요해'와 같은 말을 할 때도 있다. 그것이 '자연스레'와 '스스로'의 사이에서 '틈'의 문제로 제기된 것이다.

'자연'의 모습을 '스스로'의 모습에서 연장해 동일하고 연속적인 것으로 생각하면 어떻게 되는가? 그런 체념을 하면 '스스로'의 존재는 사라져 버리며, 무책임의 현상용인주의가 성립되고 만다.

그러나 자연의 모습을 타(바깥)의 작용으로 여기며 자각적으로 마주 대하며 수용하려고 하는 '체념'을 하면 자연에 쉽사리 묻히지 않는 '스스로'의 존재와 작용도 인정된다.

모리 오가이의 체념resignation도 절대 깨끗한 염담32은 아니었다. 나쓰메 소세키夏目漱石(1867~1916)의 측천거사則天去私33도 역시 '자기본위' 중심으로 긴장을 유지시키는 행동과 하늘의 일을 헤아리는 행위 사이의 '틈'을 개념화 한 소설이었다.

---

32 염담 : 사물에 집착하지 않고 욕심이 없어 마음이 편함. - 옮긴이

33 측천거사則天去私 : 하늘을 헤아려 나를 버린다. - 옮긴이

체념은 커다란 힘에 대한 수용이다.

스스로의 존재와 작용을 남겨 두고, 자연을 수용하는 '체념'은 만요슈가 지어진 옛날부터 표현되어 왔다.

せんかたなし, せむ術なし

해석해보면 '어떻게 해도 방법이 없다'를 뜻한다. 그러나 부정적인 의미만 가지고 있는 것은 아니다. 자기의 한계를 받아들이면서 긍정적인 가능성을 포함한 말로도 생각할 수 있다. 예를 들어 오토모노 야카모치大伴家持(718~785)의 〈'체념'せむ術なし〉을 살펴보자.

うつせみの惜れる身なれば　露霜の消ぬるがごとく……跡もなき世間なればせむ術もなし。

이 세상이 무상하며, 흔적도 없이 사라져 버리는 것이라면 '어쩔 수 없다'며 한탄하고 있다. 그러나 더 읽어보면 다음과 같이 깊은 뜻을 지닌 감수성도 발견할 수 있다.

天地の遠き始よ　世の中は常なきのと　語りつぎ　ながらへ来れ　天の原ふりさけみれば

照る月もみちっけしけり　足引きの　山の木もれも　春されば
花咲き匂ひ　秋づけば　露霜負ひて　風交り　もみぢ散りけり
うつせみの　格のみならし　紅の　色もうつるひ　ぬば玉の黒髪
変り　朝の笑み
夕べかはらひ　吹く風の　見えぬが如く　ゆく水の　とまらぬ如
く　常もなく
うつろふ見れば　庭たづみ　流るる涙　とどめかねつも

천지의 먼 시초부터 세상은 무상하다고 전해져 내려오고 있
었다. 광활한 하늘의 반짝이는 달도 둥그레짐과 이지러짐이
보인다. 산의 나무 끝을 보아도 봄에는 꽃이 피고 향기로우
며, 가을에는 이슬과 서리가 내려앉고, 바람이 불어 단풍은
흩어진다. 세상의 사람도 이와 같다. 붉던 얼굴도 빛이 바
래고 검던 머리도 변하며 아침의 웃던 얼굴도 저녁에는 변
한다. 부는 바람이 보이지 않는 것처럼, 흐르는 물이 멈추
지 않는 것처럼 무상하게 흘러가는 것을 보면 흐르는 눈물
은 멈추지 않는다.

〈世間の無常を悲しぶ歌〉

　후반의 '붉던 얼굴과 검은 머리가 변한다…'는 우
리의 신체나 세간의 무상한 모습을 묘사한 것처럼
보이지만, 전반의 내용으로 추측해 볼 때 달의 이지

러짐, 사계의 변화와 같은 자연의 모습에 투영시킨 이미지임을 알 수 있다.

달의 차오름과 이지러짐은 확실히 변하는 것이다. 그러나 동시에 그 변화는 반복된다는 특징이 있다. 변하지만 변하지 않는다. 늘 한결같다는 뜻도 된다. 이야말로 '천지의 오랜 시작'부터 변하지 않고 있는 사상이다.

즉 이 무상관은 모든 것이 변하여 가는 무상의 작용에 대한 감수성인 동시에, 계속 변하지 않는 큰 자연의 움직임의 작용을 말하고 있다.

도리가 없다는 탄식이기도 하면서, 다른 방법은 없다는 인식이기도 하다. 즉 더 큰 힘을 수용하고 인정하려 한다.

체념과 슬픔

이러한 체념은 마루야마 마사오의 '무상과 자연을 거듭하며 받아들이는 수용방식'인 동시에 가토 슈이치의 '자연의 질서를 체념하며 수용하는 방식'이다. 또 이소베 주세가 말하는 '커다란 리듬의 한 마디'의 사상도 생각나게 한다.

그리고 거기에는 반드시 '슬픔'이 있다. 슬픔에 해당하는 일본어 '가나시미かなしみ'는 '차마 할 수 없다'의 뜻을 가진 '가나시네루かなしねる'와 같은 어원에서 나온 말이다. 힘이 다다르지 못해 아무것도 할 수 없는 상태를 말한다. 이를 『이와나미 고어사전岩波古語辞典』에서는 '어떻게도 할 수 없는 애달픔이며, 도무지 방도가 없는, 할 도리가 없음'이라고 정의했다.

제4장의 모토이 노리나가本居宣長의 〈안심 아닌 안심론安心なき安心論〉도 역시 같은 맥락의 사상이다. 우리는 죽음에 대해서 단지 슬퍼할 수밖에 없음을, 그러나 슬퍼하는 행동은 이 세상을 이 세상답게 만드는 큰 존재에 따르는 것이므로, 진정한 안심을 얻게 된다는 주장이었다.

사가라 도오루相良亨는 일본인 일반의 '체념'에 동반되는 '슬픔'에 관해, '슬퍼하는 행동은 슬픔의 주체인 자신을 계속 가질 수 있게 한다. 끝까지 슬퍼한 주체는 큰 존재에 녹아들어 가는 것이다. 즉 개체를 남겨두면서 큰 존재에 녹아들어 갈 수 있다'고 지적했다 (『일본인의 사생관』).

이소부의 표현대로 말하자면 '커다란 리듬의 한 마

디'의 '한 마디—節'는 어디까지나 그 자체의 '한 마디'이며 '큰 리듬'을 이루어가는 요소이다.

'한 마디—節', '한 방울—滴'이라는 존재의 파악방법(2)

이는 앞서 나왔던 표현인 '한 모퉁이—隅에 있는 존재'와 일치하며 '큰 강물의 한 방울'과 같은 존재라고도 할 수 있는데, 중요한 점은 '한 방울'의 그 자체의 성격, '한 방울'로서 존재하는 개인(나)이다. 다시 한 번 〈나일 강의 한 방울〉을 인용해보자.

인간이 생겨나고 몇천만 년이 지났는지 알 수 없지만, 그동안 셀 수 없이 많은 인간이 태어나고, 살았으며, 죽어갔다. 필자 또한 그중 한 사람으로서 태어나 지금 살고 있다. 말하자면 필자는 유유히 흐르는 나일 강의 한 방울과도 같은 존재이다. 그 한 방울은 이전에도 없었고 이후에도 없을 오직 나 자신뿐이기 때문에 몇만 년을 거슬러 올라가도, 몇만 년이 지난 뒤에도 나는 없을 것이다. 나는 의연히 흐르는 큰 강물 가운데 한 방울의 물에 지나지 않으며 그걸로 충분하다.

우리의 존재는 작은 한 방울 물이지만, 사실은 더 큰 존재에 속하는 '한 방울'이다. 이제부터 강조할 점은 몇만 년 거슬러 올라가도, 또 지나도 다시 태어나지 않는, 교환 불가능한 1회에 한정된 존재라는 식의 파악방법이다.

'나'는 어디까지나 자연에서 나온 '한 방울'이지만, 또 그것은 어디까지나 '스스로'의 존재이다. '자연'의 일반화에 해소, 환원되는 것이 아니라, 지금 이곳에 엄연히 존재하고 있다. 마키 유스케(미타 무네스케)真木悠介(見田宗介)의 『기류에 울리는 음気流の鳴る音』에서는 그 점이 다음과 같이 기술되어 있다.

행위와 관계의 결과를 눈에 보이는 '성과'로만 보는 이상 인생과 인류의 귀결은 죽음이다. 이는 우주의 어둠 속에 새하얗게 빛나는 별 몇 개의 궤도를 있는 힘껏 교란하는 것밖에 되지 않는다. 또 그 교란의 정도도 얼마나 투철한 것인가라는 문제밖에 되지 않는다. 모든 종교가 내세우는 자기기만적인 죽음의 허무주의를 극복하는 유일한 방법은 투철한 의식뿐이다. 즉 우리의 삶과 인류의 전 역사가 찰나이기에 지금 여기의 각각의 행위, 관계를 선명한 감각으로 돌려놓아야 한다.

삶은 짧은 '찰나'이기 때문에 시시각각의 행위, 관계를 핵심으로 '나'라는 존재를 파악하라는 뜻이다.

1회성으로의 존재

'인간 존재의 존엄'이라는 문제는 무엇과도 바꿀 수 없는 중요한 문제이지만, 현대의 난제가 되었다. 나는 지금까지 6년 정도, 도쿄대학원 인문사회계연구과·문학부에서 '다분야 교류연습演習'이라는 과목을 가르쳤다. 수업 내용의 큰 주제는 '인간의 존엄'이었다. 다양한 분야의 사람들과 같이 생각하며 수업을 진행하고 있다. 그러나 너무나도 자명한 '인간 생명'의 존엄, 소중함을 사상으로 정리하려고 하면, 또 의료 현장의 구체적인 대처로서 검토하고자 하면, 웬만해선 잘 되지 않는다.

고등학교 '윤리' 교과서의 (나는 쓰지 않았으나) '인간의 존엄' 챕터에는 대개 칸트(1724~1804)와 같은 사상가의 말을 인용하는 것으로 정형화 되어 있다. 즉 '인간이라는 것은 단지 살아가는 것뿐 아니라 자율성을 가지고 있기 때문에 존엄한 것이다'라는 식으로만 정리하고 있는 것이다. 그러한 서양사상에는 '인간은 다른 생물의 중심이며, 신의 형상대로 지어졌다'는 그리스도교적인 발상이 깔려 있다. 그러나 그것만으로는 다 설명할 수 없는 문제가 많이 있다.

'인격성, 이성을 가지고 있기 때문에 인간은 존엄하다'라는 식의 설명은 갓난아기나 지적능력을 잃어버린 노인, 또 병으로 뇌, 의식에 장애를 가지고 있는 사람들의 존엄성을 잘 설명할 수 없다. 또 인간이외 생물의 '생명'의 존엄성 문제는 그리스도교적인 '인간' 개념만으로는 해결할 수 없게 된다. 이와 같은 내용을 수업에서 여러 번 논의했다.

인간을 '한 모퉁이'에 있는 존재라고 파악하는 방식도 역시 존엄성을 중요시한 것이라 볼 수 있을 것이다. 우리 한 명 한 명의 존재는 그저 '한 모퉁이'라고 해도 그것은 더 큰 존재의 한 모퉁이를 차지하는 것이 되며, 어떤 의미로는 절대적 무한의 존엄성을 가지고 있는 것이다. 그리고 지금부터는 '한 모퉁이' '한 방울'의 절대적인 성격을 논할 것이다.

1회성으로서의 존재와 그 관계

나카하라 주야中原中也(1907~1937)의 〈달밤의 해변月夜
の浜辺〉이라는 다음과 같은 유명한 시가 있다.

달 밝은 밤에, 단추가 하나
물가에 떨어져 있었다.

그걸 주워서, 어딘가에 쓰려고
생각했던 것은 아니나
다른 사람이 버린 걸 건지지 못하고
소맷자락에 넣었다.

달 밝은 밤에, 단추가 하나
물가에 떨어져 있었다.

그것을 주워서, 어딘가에 쓰려고
생각했던 것은 아니나

달을 향한 그것을 내버려 두지 못하고
파도를 향한 그것을 내버려 두지 못하고

나는 그것을 소맷자락에 넣었다.

달 밝은 밤에 주운 단추는
손끝에 스며들고, 마음에 스며들었다.

달 밝은 밤에 주운 단추는
어째서 버려지게 되었나?

〈달밤의 해변月夜の浜辺〉

　이것은 두 살 된 아들을 잃은 주야가 그 상실감에
지은 시이다. 견디기 어려운 마음에, 무엇과도 바꿀
수 없는 소중한 것의 상징으로 '달밤에 주운 단추'를
노래한 것이다.
　그 단추 자체에 비싼 값어치가 있기에 더 없이 소
중하다는 뜻이 아니다. 즉 인간이 '이성'이라는 내재
가치를 가지고 있기 때문에 존엄한 것이 아니라는
것이다.
　작가는 단추를 우연히 주웠다. 어딘가에 쓰려고 한
것이 아니다. 단지 단추를 주운 사람과 단추의 우연
한 만남 그리고 관계의 일회성으로, 바꿀 수 없는 존
재가 되었다는 의미이다. 단추를 아들에 비유한 것이

라면 작가는 아들이 어떤 조건이나 가치를 가지고 있었기 때문에가 아니라 그 만남, 관계를 통해 더 없이 소중한 아들이 되었다는 의미로 이 시를 썼을 것이다.

'그렇다면'과 '꼭 그래야 한다면'

'그렇다면'과 '꼭 그래야 한다면

'사요나라—꼭 그래야 한다면'에 대한 두 개의 평가에 이어 '자연스레'와 '스스로'의 문제까지 검토해 보았다. '상황을 결연하고 조용하게 받아들일까, 아니면 상황에 이끌려 노예처럼 따를까'는 우리의 존재가 '자연'이지만 '스스로'를 어떻게 파악하느냐에 따라 달라진다는 점을 알아보았다. 또 '체념'과 '슬픔'의 모습에도 같은 논리가 적용됨을 알게 되었다.

이를 염두에 둔 채 다시 한 번 '그렇다면의 사요나라'와 '꼭 그래야 한다면의 사요나라'의 문제를 생각해보고자 한다.

아라키 히로유키 씨는 『야마토 언어의 인류학』에

서 '그렇다면의 사요나라'는 '옛 일'을 확인하고 '새 일'로 이행하는 것이라고 설명했다. 이 점은 이미 제1장에서 알아본 바와 같다. 아라키 씨는 그 설명의 전제로 일본인의 두 종류의 인생관, 세계관의 특징에 대해 논했다. 그 내용을 지금부터 알아보도록 하자.

'모노物[34]'의 세계관

'모노物'와 '고토事'라는 두 가지 언어 쓰임을 예로 들어보자.

먼저, '모노'의 예부터 들면 다음과 같다.

人生は空しいもの! 인생은 헛된 것(모노)!

女ですもの! 여자인 걸(모노)!

'인생은 헛된 것, 세상은 그런 것이다'에서 '것'의 뜻을 가진 모노와 '여자인걸, 형이 괴롭혔는걸'처럼 종조사 '걸'로 쓰인 '모노'를 확인할 수 있다. 정해진

---

34 모노物 : 일본어의 '모노物'와 '고토事'는 서로 다른 뜻이지만, 한국어로는 둘 다 '것'으로 번역된다. ―옮긴이

이 세상의 모습, 일반 규칙과 원리, 또는 집단 논리가 표현되어 있다.

'모노와카리(이해력)가 좋은 사람'은 이 세상의 규정을 잘 알고 있는 사람이라는 뜻이며, '모노노아와레'는 자연이나 인생에 대하여 느끼는 차분한 정감, 무상함을 뜻한다. 또 '모노오모이(생각, 근심)에 잠기다'는 '이 세상은 그런 것이니까 어떻게 해도 할 수 없다'는 탄식이다. 또 '모노가타리(이야기, 전설, 설화)'는 이 세상이 그러함을 정리하기 위해 쓴 글이다.

이렇듯 '모노'의 세계관은 원리적, 규칙적, 보편적인, 어떻게 해도 되지 않는 부동의 운명을 나타낸다. 그리고 일본인은 그에 따라 살아왔다. 이러한 방식은 자칫하면 타율적, 수동적이 되기 쉽다. 그리고 그러한 원리에 대한 '체념'이 영탄, 감개의 느낌을 품게 만든다.

'事(고토)'의 세계관

또 하나는 '고토'의 세계관이다. 그것은 예를 들면

綺麗な花だこと 예쁜 꽃이라는 것

明日までやっておくこと! 내일까지 해 둘 것!

와 같다. 보통 고토와 모노는 같이 쓸 수 없다. 써도 뉘앙스가 조금 달라진다. '내일까지 해 둘 것(모노)'이라고 바꿔 쓰면 정해진 규칙, 당연히 해야 할 규범, 즉 윤리의 뜻이 된다. 그러나 '~해 둘 것(고토)'이라고 쓰면 그 때 그 장소에서의 약속, 사건으로서의 '일, 것'이 되는 것이다.

'인생은 헛된 것(모노)'을 우리는 절대 '인생은 헛된 것(고토)'이라고 말하지 않는다. 우리는 이러한 '모노'와 '고토'의 언어 쓰임을 미묘하게 분별하여 틀리지 않게 쓰고 있는 것이다. 즉 이 세계의 보편적, 집단적인 논리, 원리에 따를 때에는 '모노'라고 말하고, 그 때, 그 장소에서의 1회적인 사건에 대해서는 '고토'라는 언어를 쓴다고 아라키 씨는 지적했다.

고토와자(속담), 구호, 추임새, 주문과 같은 '글[35]'에서도 같은 점을 확인할 수 있다. 속담, 표어는 '1초의 방심이 상처를 부른다', '뛰어나오지 마시오, 차는 급하게 멈출 수 없습니다', '~할 것'과 같이 표현한

---

35 글 : 글도 일본어로 '고토'라고 발음함. - 옮긴이

다. 이는 때와 장면을 가정하고, 상황에 필요한 주의로 환기하는 '를'이다. 또 구호, 추임새, 주문은 그러한 변해가는 '것'을 말로 표현하고, 그 하나하나를 확인하고, 때와 장소를 실현시키려고 할 때 쓰는 말이다.

아라키 씨가 해석한 일본인의 '고토'의 세계관에는 '옛 일'이 끝났을 때에 잠시 멈추어 서서 '그렇다면'이라고 확인한 뒤 '새 일'과 맞서는 마음가짐, 경향이 전제되어 있다.

확인·총괄하는 내용

아라키 씨는, '모노'와 '고토' 두 종류의 세계관이 대조적이면서 미묘한 관계이지만, 잘못 쓰지 않고 더불어 쓰며 두 세계관의 과잉·과민에 대처해 온 일본인의 독자적인 세계관을 지적했다.

원리적이고 일정한 '모노'적 세계관과 비원리적이고 1회적인 '고토'적 세계관은 이제까지 보아온 말로 바꿔서 말하자면, '자연스레(+무상)'와 '스스로'의 관계이다.

‘꼭 그래야 한다면의 사요나라’는 특히 ‘모노’적 세계관과 관련이 있다. ‘꼭 그래야 한다면’이라는 인식은 ‘자연스레+무상’의 작용에 대한 인식의 연장선이다. 또 ‘그렇다면 사요나라’는 (아라키 씨도 논하고 있는 것이지만) 그 때, 그 장소의 ‘일’에서 ‘일’로의 확인, 이행이며 ‘고토’적 세계관으로, 1회적인 사건에 대한 확인, 이해이다.

물론 이 두 가지의 사고방식은 원래 ‘틈’의 상관관계로서 받아들여야 하는 것이며, 뚜렷이 구별되어 분리되는 것은 아니다. 현실에서도 ‘사요나라’라는 말은 하나밖에 없다.

즉 ‘그렇다면’이든 ‘꼭 그래야 한다면’이든 어느 쪽으로 해석해도 이제까지의 상황을 받아들여 집약, 정리하고 그것을 바탕으로 다음으로 이행해가고자 하는 마음은 똑같다. 정리한 내용이 경우에 따라 ‘모노적 세계관’이 되기도 하고, ‘고토적 세계관’이 되기도 하는 복합적인 상황인 것이다. ‘1회성의 고토, 그렇다면’을 정리한 내용을 바탕으로, ‘모노, 꼭 그래야 한다면’이 성취된다고 생각할 수도 있고, 반대로 보편적인 ‘모노, 꼭 그래야 한다면’을 매개로 하여 ‘1회성의 고토, 그렇다면’의 총괄이 성취된다고도 볼 수 있을 것이다.

'이 세상은 헛된 것이라고 알게 될 때 점점 더 슬퍼진다'(오토모 다비비토)의 시를 생각해보자. '점점 더 심해지는 슬픔'이란 아내의 죽음(1회성의 고토)과 세상은 헛된 것(모노)이라는 생각이 상호작용을 할 때 이루어지는 '점점 더'이다.

숙세宿世의 변변치 않음도, 내 자신의 한계도 남김없이 알아버렸다…….(『겐지모노가타리』)라고 말하고 출가한 히카리 겐지의 결의는 개인의 힘으로는 어쩔 수 없는 '꼭 그래야만 한다는 '전생의 인연'을 받아들임으로써 이루어진 것이다.

제7장

만남과 이별의
형이상학

遇うて空しく過ぐる勿れ
만나서 헛되지 지내지 말라.

『정토론浄土論』

구키 슈죠九鬼周造의 『우연성의 문제』

기본명제로서의 『우연성의 문제』

여기서 근대 일본의 철학자인 구키 슈죠九鬼周造(1888~1941)의 만남과 이별의 형이상학이라고 칭할만한 사상을 알아보자. 구키는 이 세상에서 우리가 기본적으로 우연적인 존재라는 점을 인정한 뒤, 그 뒤에 이별이 얽혀 펼쳐지는 인생을 어떻게 생각하면 좋을지에 대해 독자적인 사색을 전개했다. 구키의 사상은 '사요나라'의 이별방식을 살펴보는 이 책의 주제와도 깊은 관계가 있다.

구키의 대표 저서로 『우연성의 문제偶然性の問題』가 있다. '우연성의 문제'야말로 철학의 기본명제라고 여긴 구키의 책은 다음과 같이 시작된다.

우연성이란 필연성의 부정否定이다. 필연이란 반드시 일어나는 것을 의미한다. 즉 존재가 어떤 의미에 의해 자기 안에서 근거를 가지게 되는 것을 말한다. 우연이란 가끔 일어나는 일을 의미하며 존재가 자기 안에서 충분한 근거를 가지고 있지 않은 것이다. 즉 부정否定을 포함한 존재, 존재하지 않는 일이 생겨나는 존재이다.

우연이란 '반드시 일어나는' 필연에 대한 부정이라는 말로 시작하고 있다. 필연이 반드시 그렇게 되는 것, 근거를 가지고 이루어지는 일이라는 의미를 가진 반면, 우연이란 그러한 의미나 근거가 결여되어 있으며 가끔씩 이루어진다고 본다. 더 나아가 우리의 존재도 우연한 존재라고 인식한다. 결락缺落, 부정否定을 포함한 존재라는 것은 없을 일이 생겨나는 것, 즉 존재해도 이상하지 않으나 존재하지 않는 것도 충분히 있을 법한 일이라는 뜻이며, 우리는 그러한 존재로서 지금 이렇게 살아가고 있음을 의미한다.

이런 식으로 우연성을 생각할 때 존재는 '무無'에 직면하게 되고, 그러한 존재를 넘어선 '무無'에 대해 또 묻지 않을 수 없기에, 이에 대한 사색은 형이상학이 될 수밖에 없다고 말하고 있다.

'우연성으로서의 개체'

우연성은 '존재하지 않음의 가능성을 포함한 지금 상황은 이러하다'를 뜻하는 말이다. 구키는 고대 인도의 어떤 불전(나선비구경那先比丘経)에 실려 있던 다음과 같은 질문을 인용했다.

모든 인간은 머리가 있고, 얼굴이 있고, 눈이 있고, 오체五體 만족의 몸을 가지고 태어난다. 그런데 왜 장수하는 사람과 단명하는 사람, 또는 병약한 사람과 건강한 사람, 가난한 사람과 부유한 사람, 단정한 사람과 추악한 사람, 믿을 수 있는 사람과 의심스러운 사람으로 나뉘는 등 제각각인 것일까.

밀린다 왕王의 질문이다. 이는 『우연성의 문제』에서도 중요한 부분이다. 우리는 분명 나름의 시기에 나름의 장소에서 태어났다. 우연히 그렇게 되었다라고 말할 수밖에 없는데도, 그 자체에 대한 질문을 던지고 있는 것이다.

구키는 이 물음이 인간의 기쁨과 고민을 내포하는 철학적인 질문이지만, 분명 '개체의 우연성'에 대한 질문과 다르지 않다고 받아들인다. 즉 우리가 각각 그 나름의 '개체個'로 있게 된 것은 우연성을 바탕으로 이루어졌다고 여기는 것이다.

그리고 개체, 개별성을 지니게 된 것은 '체계', '법칙'에 의해서 열외성, 독립성을 지니게 됨으로써 시작되었다고 본다.

구키는 이러한 예를 들며 설명하고 있다. ─사람들은 대개 삼각형을 '세 개의 선에 둘러싸인 면의 일부'라고 생각한다. 이것이 바로 필연이다. 하지만 그 하나의 각이 '직각이라든가, 둔각이라든가, 예각이라든가 하는 것은 단순히 '우연적 징표'에 지나지 않는다.

그것은 '인간이라는 일반 개념에서 보면 검은색 피부가 우연적 징표에 지나지 않지만 에티오피아인에게는 인간의 개념을 구성하는 요소라는 뜻이다.

'이 장미'는 '저 장미'와 다르다. 장미라는 동일성은 있지만, 구체적으로 그 현장에서 '이'와 '저'는 벌써 다른 것이다. 즉 모든 존재물은 자신만의 의미를 지니고 있으며 우연의 개체, 개개의 사상으로서 존재한다는 것이다.

개체는 '하나의 계열과 다른 계열의 해후'에서 생겨난다.

구키는 그것을 이렇게 정리해 설명한다.

'개체 또는 개개의 사상'의 핵심적 의미는 '하나의 계열과 다른 계열과의 해후'에서 존재하며 해후의 핵심적 의미는 해후하지 않는 것도 가능하다고 하는 것, 즉 '없음의 가능'이라고 하는 데 존재한다.

개체로서 존재하는 것, 혹은 개개의 사상事象36의 핵심적인 의미는 '하나의 계열이 다른 계열'과 '해후'하는 것(만나는 것)에 있다. 예컨대 우리는 자신의 의지나 목적에 따라 태어난 존재가 아니다. 아버지와 어머니가 만나 생리적인 의미를 더하고, 엉뚱한 우연의 만남이 쌓인 결과 우리가 태어난 것이다. 즉 우리가 하나의 개체로서 존재할 수 있게 된 것은 '하나의 계열과 다른 계열의 해후'가 있었기 때문이다. 그리고 그 아버지가 존재하게 된 배경에도 똑같이 '하나의 계열과 다른 계열의 해후'가 있었음을 추측할 수 있고, 어머니의 경우도 마찬가지다.

36 사상事象 : 사실과 현상. - 옮긴이

또 다른 예를 들어보자. 지붕에서 기와가 떨어져 나와 우연히 난간을 굴러가고 있던 고무풍선을 건드려 풍선을 찢어놓았다. 거기에는 두 개의 계열이 있다. 하나는 기와가 떨어져 나간 것, 또 하나는 거기에 고무풍선이 굴러가고 있었다는 것─ 각각에는 지붕이 낡고 썩었기 때문에 떨어졌다든가, 고무의 탄성에 의해 거기에 굴러가고 있었던 것과 같은 필연의 설명이 붙을 수 있겠지만─ 이러한 두 개의 계열이 만나, 고무풍선이 터지는 개체의 우연적인 사실과 현상이 일어나게 된 것이다.

두 개의 각 계열은 당연히 만나지 않을 가능성도 충분히 있었다. 아버지와 어머니의 만남이 없었다면 나는 존재하지 않았을 것이고, 기와와 고무풍선의 만남이 없었다면 고무풍선이 터지는 1회적 사건도 발생하지 않았을 것이다. 즉 '없을 법도 한' 존재였지만, 현재 이렇게 저렇게 존재하고 있는 것으로, 중요한 의미가 있는 것이다.

우연성을 어떻게 바탕으로 하는가

'偶'와 '遇'

구키는 이러한 우연성의 여러 양상을 증명하기 위해 동서양을 막론한 고전을 널리 섭렵했다. 그는 서양철학의 전통에 버금가는 원리적이고 체계적인 분석과 고찰을 전개했다. 그로부터 얻은 결론을 『우연성의 문제』에서 다음과 같이 정리했다.

우연성의 핵심 의미는 '갑甲은 갑이다'라는 동일률의 필연성을 부정否定하는 '갑甲과 을乙의 해후'이다. 우리가 우연성을 정의함으로써 '독립적인 이원二元의 해후'가 생겨나는 것이다.

'하나의 계열과 다른 계열의 해후'도 같은 맥락에서 이해할 수 있다. 우연성이란 갑이 갑 그대로 있는 동일의 필연성이 부정되고, 갑과는 다른 타자인 을이나 병, 정처럼 독립되고 이원적인 타자와의 만남에 그 핵심적 의미가 있다는 것이다.

우연의 '偶'는 双(쌍), 對(대), 並(병), 合(합)의 의미이다. 遇와 마찬가지로 만남을 의미한다. 어떤 물체가 자신과 독립된 다른 개체를 만나서(遇), 전과 다른 모습으로 변해 간다. 그 분화分化, 분열의 생성변화의 모습을 우偶연성의 작용으로 규정하고 있는 것이다. 물론 그것은 모든 존재, 사실과 현상에 있어서 일어나는 사항으로 일반적, 원리적으로 적용되는 것이기는 하지만 구키가 가장 중요한 문제로 삼았던 것은 인간이 다른 인간과 '해후'하는 장면의 우연성이었다.

우연한 '해후'는 당연한 것이면서도 '이별'의 가능성도, 애당초 상대가 '없을 수도 있었을' 가능성도 가지고 있기 때문에 사람이 그러한 우연성에 어떻게 대처하며 살아가면 좋을지를 주제로 삼았던 것이다.

그것은 『우연성의 문제』와 더불어 구키의 대표작인 『이키의 구조いきの構造』에서도 분명하고 구체적으로 전개하고 있다.

이원적 태도로서의 이키[37]

구키는 '이키'를 구성하는 계기로, 미태媚態[38], 패기, 체념을 들고 이를 각각 분석했다. 먼저 처음의 '미태'를 이렇게 설명한다.

미태란 자신이 스스로에게 이성異性을 상정하고 자신과 이성 간의 가능한 관계를 구성하는 이원적 태도이다.

미태란 교태를 부리는 태도로 남자가 여자에게, 여자가 남자에게 또는 사람이 사람에게, 어떻게든 다가가 자기동일화自己同一化하려는 요염함이다. 이것이 미

---

37 이키ぃき : 일본 에도시대 후기에 에도 후카가와의 조닌계급 사이에서 발생한 미의식이다. 이키란 몸짓이나 행동 등이 세련되고 멋지게 느껴지는 것, 멋지게 노는 법을 아는 것 등의 의미를 포함한다. 반대어는 야보野暮이다. 일본의 철학자 구키 슈죠九鬼 周造가 쓴 『이키의 구조』(1930년)에서는 에도시대 특유의 미의식이 처음 철학적으로 고찰되었다. 구키 슈죠는 이키를 다른 언어로는 동일한 의미를 갖는 단어를 찾을 수 없다는 점에서 이키를 일본 특유의 미의식으로 규정했다. 이키를 한자 粋로 표기하는 경우가 많으나, 가미가타의 미의식인 스이粋(すい)와 구별하기 위하여 히라가나로 표기하는 것이 관례다. ─옮긴이

38 미태媚態 : 아양을 떠는 태도. ─옮긴이

태의 기본이 된다. 하지만 이처럼 에로스(육체적 사랑)적인 면이 있다고 해서 끈적끈적한 일체화를 요구하는 것은 아니다.

'이키'에는 오히려 상대와 어디까지나 간단하게 하나가 되지 않는다는, 긴장을 가진 '이원적 태도'가 필요하다. 그것은 조금 전 언급한 '독립적인 이원二元의 해후'라는 사상을 바탕으로 한 것이며, 거기에는 애당초 상대가 이 사람이 아니었을지도 모른다는 가능성도 포함해, 다양한 우연성을 전제로 하고 있다.

그러나 그렇기 때문에야말로, 자기와 상대간의 자유로운 선택과 애달픈 긴장감이 유지되는 것이다. 그리고 '이성이 완전한 합체를 이루고, 긴장을 잃어버린 경우 미태는 저절로 소멸'되고 만다.

'이키'의 두 번째 계기는 '패기'이다. 그것은 '미태'의 이원적 가능성보다 한층 심화된 긴장을 제공하며, 가능성을 가능성으로 종시終始하는 것을 미덕으로 본다.

조금 전에 본 『하가쿠레葉隱』에, 여기에 해당하는 좋은 예가 있으므로 들어보도록 하겠다. 『하가쿠레』에서 '사랑의 지극은 참는 사랑'이라는 표현이 있다. 사람을 좋아하게 돼서 실제로 "좋아한다"라고 말하

고, 그 기분을 전하고 나면 '사랑의 전부'(사랑의 에너지, 애달픔)가 추락하고 만다는 생각이 그 바탕에 깔려 있다. 그리고 평생 참고 애태우며 죽어가는 과정을 설명하고 있다. 이는 구키가 말한 '가능성을 가능성으로 종시시키는' '패기' 그 자체이다. 즉 무사도의 이상과 에도인江戶っ子의 심지가 반영되어 있는 것이다.

'이키'의 근거에 있는 '체념'

그러나 '미태'와 '패기'만을 지닌 에로스는 자칫하면 '이키'의 반대인 '야보(촌스러움)'로 전락할 가능성이 있다. 세 번째 요소, 가장 중요한 '체념'이 포함되어 있지 않으면 안 됨을 구키는 설명하고 있다.

'체념'이란 운명에 대한 지견知見에 근거해 집착에서 탈피한 무관심이다. 각박한 세상살이, 야속한 세상은 세련됨을 통해, 개운하고 말끔한 마음가짐을 가질 수 있다. 현실에 대한 집착에서 벗어난 산뜻하고 미련 없는 상태인 '염담무애恬淡無碍'의 마음을 뜻한다.

이 세상에는 내가 어떻게 해도 되지 않는 현실과 운명의 장난이 있다. '미태'와 '패기'를 지니는 것도 중요하지만, '집착을 벗어난 무관심', 즉 '체념'의 자세도 매우 중요하다.

구키는 '이키(세련됨)'라는 말이 원래 에도시대의 유곽에서 게이샤와 손님간의 남녀관계에서 유래한 말이라고 여기고 있다(물론 그것뿐만 아니라 보다 일반적인 남녀관계나 인간관계에도 퍼져 있다). 특히, 그러한 곳에서는 어떻게 할 수 없는 힘과 맞닥뜨리는 일이 더 많았을 것이다. 그것을 그 나름대로 받아들이고, 체념함으로 오히려 '미태'와 '패기'가 보다 세련되어지는 경우도 있었으리라. 헤쳐 나가지 않으면 세련되어질 수 없다. 개운하고 깔끔한 마음과 산뜻하고 미련 없는 염담무애의 마음을 가짐으로 비로소 세련되어질 수 있는 것이다. '이키'도 역시 자신과 상대 사이에 일어난 일이 일어나지 않을 수도 있었음을 가정하고, '독립적인 이원의 해후'의 우연을 전제로 한 사상임을 알게 되었다. 또 그런 전제 속에서 어떻게 살아갈 것인가 하는 논리이자 미의식이란 점도 확인할 수 있었다.

원시우연原始偶然

　구키는 사람이 살다가 죽는 것, 또한 사람과 사람 사이의 만남과 이별에는 우리가 어떻게 할 수 없는 우연성이 늘 따라다닌다는 점을 두고 사색했다.

　『우연성의 문제』 방향으로 돌아가서, 구키는 그 사색을 '형이상학形而上學의 영위'로써 전개하고 있다. 그것은 결국 '무無'라고 하는 존재를 넘어선 것을 묻지 않으면 안 되기 때문에 칭하게 된 이름이지만, 좀더 자세하게 보자면 다음과 같은 배경도 포함하고 있다.

　어떤 개체나 개개의 사실과 현상이 존재하는 것은 각각 독립된 '하나의 계열과 다른 계열이 해후'하며 생겨난 우연의 산물이었다. 그러나 구키는 생각에 따라서는 어디까지나 필연의 과정으로 생각하는 것도 가능하다고 했다. 앞의 예를 다시 들어 말하자면, 우리의 존재는 먼저 아버지와 어머니의 해후, 만남에 의한 것이었다. 하지만 예를 들어 두 사람이 같은 직장에서 근무하고 있었다고 한다면, 그 만남은 엄밀한 의미로는 우연이 아니라고 할 수 있다. 그 만남은 필연이라고도 할 수 있다.

그러나 같은 직장에 있었다는 것으로 만남이 필연화된다고 하더라도, 더 나아가 그 원인으로 거슬러 올라간다면, 즉 왜 같은 직장에 두 사람이 근무하게 되었느냐고 묻는다면, 또 우연으로 돌아가고 만다. 그러나 그것도 원인을 생각해보면, 두 사람이 같은 직장의 근처에 살고 있었다든가, 같은 일적 재능이 있었다든가, 무언가 공통의 원인으로 필연성을 들 수 있을 것이다.

이처럼 어떤 개체라도 두 개의 인과계열의 전, 그 전으로 거슬러 올라가 보면, 각각의 공통원인을 발견할 수 있고, 그런 의미에서 우리는 '경험의 영역에 있어서 전면적으로 필연성의 지배를 가정할 수 있다'는 것이다.

그러나 구키는 그렇게 해서 필연의 인과계열을 무한히 거슬러 올라간다고 하더라도 최후에는 그 이상 거슬러 올라갈 수 없는 궁극의 원인 X에 부딪히게 된다고 말하며, 그 X를 '원시우연原始偶然'이라고 부르고 있다(그것은 이미 '경험의 영역'을 넘어선 형이상학적 영역의 문제이다.-옮긴이). 즉 '원시영역'이란 지금 자신이 여기에 이렇게 갑甲으로 존재하는 것의 궁극의 우연성이며, 그것은 을이라도, 병이라도, 정이라도 같은 문제에 부딪히게 된다. 말하자면 주사위를 던져 어느 면이 나오는가와 같은 문제이다.

우연과 필연 — 운명이란?

우리는 갑일 수도 그 외 을, 병, 정일 수도 있었고, 또 애당초 존재하지 않을 수도 있었다. 즉 우연에 의해 존재하게 된 것이다. 그러나 구키는 지금 여기에 이렇게 갑甲으로 확실히 존재해 있다는 사실에는 단순한 우연성을 넘어선 필연성이 있을 것이라는 의견도 내세웠다.

『우연성의 문제』는 마지막 부분에서 '운명運命'이라는 것을 문제로 삼고 있다. 구키는 '우연이 인간의 실존성에서 핵심적 전인격全人格적 의미를 가질 때 우연은 운명이라고 불리게 된다'라고 말했다. 또 이어서 '운명으로서의 우연성은 필연성이라는 이종異種과의 결합에 의해 '필연-우연'의 구성을 보이며, 초월적 위력처럼 엄격하게 인간의 전존재성에 임하는 것이다'라고 기술하고 있다. 우연이라고 생각할 수 없는 필연성을 느낄 때, 우리는 '필연-우연'의 운명이라는 것을 생각하게 된다. 중요한 것은 운명이 어떠한 것이라는 것을 알고 단순히 휘말려 들어가 농락당하기보다 그것을 그 나름대로 다시 재인식해 받아들일 때 그것이 진실한 운명이 될 수 있다는 점이다.

구키는 그것을 가리켜 '운명이란 선구적 결의성先驅的決意性 안에 내재할 때 비로소 운명이 된다'라고 말했다. 운명을 대할 때는 단순히 그 안에 머무르기보다 운명을 적극적이고도 주체적으로 받아들여야 한다는 것이다. '독립적인 이원의 해후'로서의 우연성을 충분히 인식한 뒤, 필연성을 다시 한 번 생각하는 것이 무엇보다 중요하다.

사요나라의 형이상학形而上學

'영원한 지금'으로의 반복

구키의 『우연성의 문제』를 검토해 보았으니 그 사상을 바탕으로, 우리의 근본 주제인 '사요나라'도 형이상학적 원리로 설명할 수 있으리라 생각한다. 즉 애당초 우리가 존재하지 않을 수도 있었던 가능성과 상대도 그 상대가 아닐 수 있었다는 가능성을 두고 생각해야 한다. 사람의 만남과 이별을 좌우하는 우연 ─필연의 의미를 생각해 보면 그 과정이 '그렇다면'이 된다 하더라도, 혹은 '꼭 그래야만 한다면'이 된다 하더라도 이해할 수 있을 것이다.

구키의 논리는 거듭 언급하고 스스로 인정했다시피 그야말로 형이상학적인 사색으로 이루어져 있다. 마지막으로 한 가지만 더, 구키가 강조했던 흥미로운 사고방식에 대해 알아보고자 한다.

구키는 생의 마지막 무렵, 일본의 문학과 예술을 논한 『문예론文藝論』을 집필했는데, 그 속에는 형이상학으로서의 문학, 예술이 제기되어 있다.

> 이 세상 사랑의 이상한 운명을, 지난 세상에서 일체였던 모습을 상기하려는 형이상학적 요구를 이해하지 못한 자는 압운의 본질을, 그 깊음을 터득하지 못했다고 말해도 좋다.
>
> 「일본시의 압운日本詩の押韻」

여기에서 말하는 '형이상학적 요구'라는 것은 '운명'이나 '지난 세상' 같은 것에 무엇인가의 실체적인 의미를 부여하려는 것이 아니다. 구키는 '나 자신은 다음 세상의 존재를 믿지 않는다. 내세가 존재한다고 한다면 인간은 두 번 사는 것이 된다. 현세가 두 개 있는 셈이다. 그렇게 되면 현세의 일회성과 존엄성이 망가져버린다. 인생은 끊임없이 죽음에 위협당하는 부질없고 여린 것이다. 그러나 그 덧없는 약함에 인생 그 자체의 강함이 있다. 인간이 단 한 번밖에 살 수 없고, 우리의 한 걸음 한 걸음—步—步이 우리 자신을 철저하게 부정하는 죽음으로 향하고 있다는 사실 때문에 인생이 가진 모든 광택과 강함이 빛나는 것이다'(「인생관人生觀」)이라고 주장했다.

구키는 오히려 사후세계에 대한 희망을 가지지 않았다. 지금, 여기에서의 우연의 '한 걸음 한 걸음'의 일회성을 '영원한 지금'으로 드높이는 것이야말로 '형이상학적 요구'에 부응하는 것이며, 시나 예술의 본질이라고 여긴 것이다. 시의 압운(운을 달아 시를 짓는 것), 리듬, 첩구(반복)의 기술은 모두 '현재의 지금'을 되풀이하고 반복함으로써 '영원한 지금'을 분명히 드러내려고 하는 노력인 것이다.

운과 운이 반복되는 것은 우리의 인생에서 우연한 만남이 겹쳐지고 반복되는 것의 상징이다. 조금 전 인용한 구키의 '이 세상 사랑의 이상한 운명을, 지난 세상에서 일체였던 모습을 상기하려는 형이상학적 요구를 이해하지 못한 자는 압운의 본질을, 그 깊음을 터득하지 못했다고 말해도 좋다'라는 글은 그러한 의미로 쓰인 것이다.

이러한 사고방식의 기본 틀은 '자연스레'(+무상)와 '스스로' 사이의 '틈'이라는 관점과도 상통한다. 구키는 『문예론』과 병행해서 썼던 「일본적성격日本的性格」

이라는 논문에서 일본사상의 세 가지 특징으로 '자연自然', '의기意氣', '체념諦念'을 들었으나 그 중심에 '자연(자연스레)'을 두었다.

'사요나라의 후렴'

예를 들면 다음과 같이 시인이 '사요나라'를 반복할 때 그 때, 그 장소(정확하게는 그 때까지의 그 때와 그 장소라고 하는 것이 맞겠지만)도 같이 반복되므로 '영원의 지금'을 성취(하려고) 할 수 있고, 또 성취 시점에 이별이 성립된다고 보는 것이다.

사요나라 사요나라!
신세를 많이 졌습니다
신세를 많이 졌지요
신세를 많이 졌습니다

사요나라, 사요나라!
이렇게 맑은 날씨에
헤어지게 된다고 생각하니 정말 힘들어요

이렇게 맑은 날씨에

사요나라, 사요나라!
……

사요나라, 사요나라!

당신은 그렇게 파라솔을 흔들지요
나는 그저 눈부실 따름입니다
당신은 그렇게 파라솔을 흔들지요

사요나라, 사요나라!
사요나라, 사요나라!
……

나카하라 주야中原忠也 〈이별離別〉

간밤 태풍에 혼자 무리에서 떨어진 하얀 구름이
정신이 아득해질 만큼 개이고 개였다
향기로운 대기의 하늘을 흘러간다
태양이 타듯 빛나는 들판의 경관에
크게 드리우는 조용한 그늘은
……사요나라……사요나라

……사요나라……사요나라

하나하나 수긍하는 눈빛처럼

가로수를 살짝 스치며

선명한 녹음의 논으로 옮겨가

작게 움직이는 행인을 앞서다가

조용히 조용히 마을의 지붕과 지붕에

나무 위에 드리우며

……사요나라……사요나라

……사요나라……사요나라

계속 가벼운 인사를

그러고는 상냥하게 나의 시야에서 멀어져 간다

……

이토 시즈오伊東静雄 〈여름의 끝에서夏の終り〉

〈여름의 끝에서〉라는 시는 『반향反響』이라는 시집
에 수록되어 있다. 하얀 구름이 드리운 조용한 그늘
의 ……사요나라……사요나라의 후렴은 가로수, 논,
행인, 지붕, 나무 위에서 하나하나 수긍하는 눈빛으
로 반복되고 있다. 그렇게 하나하나를 노래하며, 세
어가는 가벼운 인사를 반복함으로써 여름의 끝을 맞
이하는 이별이 성취되고 있는 것이다.

제8장

'사요나라'로서의
죽음

生き足りし者の最後の言葉
잘 있거라, 나의 어린 자식과 아내여, 충분히 산 자의 말이다.
마에다 유구레前田夕暮

이별로서의 죽음

기시모토 히데오岸本英夫가 파악한 사별

그럼 마지막 장에서는 다시 한 번 사별의 문제를 들어 '사요나라'로서의 죽음을 정리해서 생각해보도록 하자.

먼저 기시모토 히데오(1903~1964)의 '이별'로서의 죽음에 대한 사고방식을 파악해보자. 기시모토는 도쿄대학의 종교학 교수였으나 재임 중에 암을 선고받았다. 그는 다가오는 죽음을 주시하며, 그것을 어떻게 받아들이면 좋을지 생각한 끝에 『죽음을 주시하는 마음死を見つめる心』이라는 책을 출간했다. 그 책에서 기시모토는 죽음을 '이별'로 파악한 덕분에 공포를 극복할 수가 있었다고 말했는데, 지금부터 그 사색의 과정을 따라가 보자.

기시모토는 이전에는 자신도 (과학과 기술이 발전한 근대에 살고 있는) 근대인으로서, 죽음이라는 것은 '무 無'라고 생각했다고 말했다. 그러나 자신이 이 암으로 죽게 된다면 이 세상에서는 아무것도 남지 않는다는 생각을 한 순간, 몸의 털이 하나하나 설 정도로 공포를 느꼈다고 고백했다. 그러나 그 후 10년에 이르는 동안 열 번이 넘는 수술을 반복하며 죽음을 응시했고, 다음과 같이 생각한 결과 공포에서 벗어날 수 있었다고 말했다. 그 내용은 이러하다.

죽음이란 인간이 느끼는 커다란 이별, 즉 전체적인 이별이 아닐까. 그렇게 생각했을 때 나는 처음으로 죽음을 이해할 수 있을 것 같은 느낌이 들었다. 인간은 누구나 긴 일생 동안 오랫동안 거주해 온 땅, 친하게 지냈던 사람들과 헤어져야 할 때를 반드시 한두 번은 맞게 된다. 남은 인생 동안 다시는 못 만날 수도 있으나 헤어져야 할 때가 있는 것이다. 이러한 '이별'은 항상 깊은 슬픔을 동반한다. 그러나 점점 이별의 때가 다가와 마음을 먹고 헤어지려고 하면, 웬일인지 마음이 놓이게 되는 경우도 있다. 인생에서 때때로 찾아오는 이별은 인간에게 그런 존재다. 즉 인간이 견뎌낼 수 있을 만한 것이다.

죽음이란, 이러한 이별의 철저하고도 대대적인 모습이라고 할 수 있지 않을까. 죽어가는 인간은, 모두에게, 모든 것에게, 이별을 고하지 않으면 안 된다. 그것은 가슴이 미어지는 슬픔임에 틀림없다. 그러나 잘 생각해보면, 죽음에 이르러서의 이별은, 전면적으로 다른 성격이 아니다. 죽음은 가끔 인간이 접해왔던 이별, 즉 견딜 수 있었던 슬픔과 많이 다른 것이 아니다. 「이별의 때別れのとき」

특별히 내세울만한 내용이 아니라고 여길 수도 있겠다. 종교학자인 기시모토 히데오가(원래 전문가로서 종교심리학에서 본 사생관연구서도 많이 쓰고 있었지만) 눈앞에 다가온 자기 자신의 죽음을 주시한 뒤, 어떤 생각을 통해 실제로 커다란 전환기를 맞은 것 자체가 매우 주목할 만한 점이라고 생각한다.

즉 기시모토는 '죽음이란 절대 무無를 경험하는 것이 아니다. 어디까지나 이별일 뿐이다'라고 생각한 순간 어떤 납득을 하게 된 것이었다. 죽음의 본래 성질은 가끔 인간이 겪고 견뎌왔던 이별과 다르지 않음을 깨닫게 된 것이다. 죽음이 '대대적이고 철저한, 커다란, 전체적인 이별'에 지나지 않음을 납득한 그는 마음의 준비를 할 수 있었고 안정되어 갔다. 죽음이 지금까지는 다가가기 어렵고 무서운 것이라고 여겼지만, 절대적인 타자他者는 아니라고 여기게 되었다. 그는, 오히려 죽음은 친근한 것, 만날 수도 있는 존재로까지 인식하게 되었다.

전제로서의 사후세계의 판정보류

기시모토는 더 나아가 '죽음이라는 이별과 일반적인 이별 중 어느 것이 더 무심결에 진행되는 것인지'에 대한 생각으로 발전시켰다. 그리고 일반적인 이별은 '다음에 갈 곳이 있고, 그 갈 곳을 생각하며 이별할 수 있으나, 죽음의 경우에는 사후의 일을 알 수 없다……. 그런 이별이기 때문에 심각해지는 것일지도 모른다'라고 말하고는 다음과 같이 내용을 이어갔다.

그러나 사후의 일은 알지 못한다. 이 인간 세상에서의 생활만 현실이라는 입장을 철저히 하면 인간의 의식 속에 남는 것은 결국, 지금까지 자신이 해온 인생경험뿐이다. 우리가 알고 있는 것은 그것뿐으로, 그 외의 것은 생각할 수 없다. 경험해 보지 않은 사후의 세계를 무리하게 생각하려고 하기 때문에 모르는 채로 번민하게 된다. 우리가 고민할 수 있는 영역은 인간세상의 경험뿐이다.

즉 여기서 기시모토는 사후의 세계에 대하여 생각하는 것을 적극적으로 에포케(판단보류)하려고 하고 있다. 제2장에서 보았던 마사무네 하쿠초는 끈질길 정도로, '죽음은 무엇인가, 사후에는 어떻게 되는 것인가'를 물었지만, 마지막에는 '인간은 누구라도 경과하지 않은 일은 알지 못한다. 죽음에 이르는 길을 죽음에 이르러서야 알 뿐이다. (중략)……자신이 경험하지 않은 일은 결국에는 이해할 수 없다'라고 하며, '내일 일을 염려 말라, 한날 괴로움은 그날에 족하니라'라는 말을 한 것과 같은 태도이다.

'이별'로서의 죽음을 받아들이려면 먼저 그러한 '체념'(정확히는 명확히 밝힐 수 없음(明)을 인정하는 '체념'(諦)이지만)이 필요하며, 오히려 그 체념이 앞서야만 '이별이라는 사태'가 성립된다는 것이다. 기시모토도 '이 출항出航은 어디로 가는지 알 수 없는 출항이다. 지금 내 마음을 미련으로 가득 채우는 것은 지금 알

고 지내는 사람들과의 이별을 안타까워 한다는 것이
다. 내가 살아 온 세상에 미련이 있으니 마지막까지
실성하지 않고 죽음을 맞이할 수 있는 것이 아닌가?'
라고 말했다.

'사요나라'로서의 죽음이 가능하게 한 것

즉 당연한 것이겠지만, '이별'로서의 죽음이란 세상
에 미련이 남았다는 것이 전제되어야 가능한 것이다.
죽음이 '무無'가 아니라는 것은 그러한 의미이기도 하
다.

'이별의 때'라는 사고방식에 눈 뜬 뒤부터 나는 죽음을 피
하지 않고, 어느 정도 마주 볼 수 있게 되었다. 죽음을 '무'
라고 생각했던 때는 자신이 죽어 의식이 없어지면 이 세상
도 없어진다고 착각해 거기에서 벗어나기가 어려웠다. 그러
나 죽음이란 이 세상에 이별을 고하는 때라고 생각하게 되
면서, 이 세상은 당연히 존재할 것이고, 이미 이별을 고한
자신이 우주의 영이 되어, 영원한 휴식으로 들어가는 것이
라고 생각하게 되었다. 적어도 내게 있어서 이러한 생각은

죽음에 대한 큰 전환점이 되었다.

'자신이 죽어 의식이 없어지면, 이 세계도 없어진다는 착각'이라는 표현에서 생각나는 인물이 있지 않은가? 하쿠초도 그러한 공포를 반복해서 읊었다. 기시모토는 죽음을 이별로 여김으로써 그 공포를 뛰어넘을 수 있었다.

그것은 이별한 뒤 갈 세계가 엄밀하게 존재한다는 생각을 다시 한 번 확인하는 것인데, 거기에는 살아온 자기 자신을 다시 확인하는 과정도 포함된다. 즉 '이별'의 성립은 '이별'을 고할 상대와 '이별'을 고하는 자신이 존재함으로 가능해진다. 그러한 자신이 있었다는 확인이기도 하고, 승인이기도 한 것이다. '이미 이별을 고한 자신이, 우주의 영이 되어 영원한 휴식에 들어갈 뿐이다'라고 한 표현에도 그러한 뉘앙스를 읽어낼 수 있다.

이러한 표현은 제2장에서 본 야나기타 구니오 씨가 '현세를 살아가는 자의 눈에는 보이지 않는 순화된 정신(그것이야말로 혼이라고 부를 만한 것)이 깃든 공간'이라고 표현한 것과 같은 느낌이 든다. 또 그 전제로서 그 사람이 살아온 이야기의 완결이라는 것도(나아가서는 또한, 죽은 자는 남은 2인칭의 마음의 세계에서 죽어가는 것이라는 점도) 포함해서 기본적으로는 같은 것을 말하고 있다고 생각한다.

야나기타 씨가 '100만 번 살았던 고양이'의 최후의 장면에서 그려냈다는 '색즉시공'의 이미지를 떠올리니 정토진종의 승려였던 가네코 다이에金子大栄(1881~1976)가 '색즉시공, 공즉시색'을 이렇게 번역한 것이 생각난다.

꽃잎은 지지만
꽃은 지지 않는다

여기에서 '공空'이라는 것은 기시모토가 말한 것에 적용한다면 '철저한' '전면적' '전체적'인 '이별'이라는 것인데, 그 점을 생각해보면 설령 꽃잎은 지더라도 꽃은 지지 않고 핀다는 말을 이해할 수 있을 것이다.

'이미 이별을 고한 자신이, 우주의 영이 되어 영원한 휴식에 들어갈 뿐이다'라는 표현은 이와 같은 뜻으로 쓰였다. 이는 사후세계의 판단보류와 모순이다 혹은 모순이 아니다와 같은 문제는 아닌 것 같다. 이 말은 "물론 현세는 존재한다"고 말한 뒤에 이어 매우 자연스럽게 나온 말이다. 이 말은 이전에 하쿠초가 '내일(死, 死後)'에 대한 판단을 보류하면서 '세상은 이 대로 좋지 않은가. 오늘을 살아가다 보면, 내일은 또 하나의 빛이 비치지 않을까'라고 말했던 것도 생각나게 한다.

즉 기시모토가 말하는 '이별'로서의 죽음이란 특히 '그렇다고 한다면'의 죽음의 수용방식이다. 그는 그러한 과정을 통해 이해와 납득을 할 수 있었으며 '우주의 영으로 돌아가, 영원의 휴식에 들어갈 뿐이다'라는 표현도 쓸 수 있었다.

서로 마주보며 이별을 고하는 죽음

료칸良寛과 테신니貞心尼의 이별

그럼 다시 한 번 조금 전의 〈이별의 때別れのとき〉의 한 구절을 인용해보고자 한다.

이러한 '이별'은 항상 깊은 슬픔을 동반한다. 그러나 점점 이별의 때가 다가와 마음을 먹고 헤어지려고 하면, 웬일인지 마음이 놓이게 되는 경우도 있다. 인생에서 때때로 찾아오는 이별은 인간에게 그런 존재다. 즉 인간이 견뎌낼 수 있을 만한 것이다.

기시모토는 죽음이 조금 더 크고 철저한 이별이라고 생각함으로써 마음을 굳게 먹고 준비를 해서 이별하는 것이 가능하며, 더 나아가서는 그로 인해 '마음이 놓일 때도 있다'라고 말했다. 인간은 슬픔을 이겨나갈 수 있다고 주장한다. '사라바, 사요나라'라는 말이 자주 '이자(그럼), 요시(좋다), 하이(그래)'처럼 '사람에게 권할 때나, 자신이 마음먹은 행동을 일으킬 때 힘을 불러일으키는 말'과 함께 쓰여 왔다는 것도 이미 살펴본 바 있다.

물론 '사라바, 사요나라'가 항상 거기까지 의식해서 쓰인 말은 아닐지 몰라도, 의식해서 서로 상대의 표정을 확실하게 보며 '이자, 사라바'라는 용법으로 쓴다면 기시모토가 말한 것처럼 마음의 준비를 할 수 있을지도 모른다.

나카노고지中野孝次(1925~2004)의 『료칸[39]―마음의노래 良寛―心のうた』에는 료칸(1758~1831)과 데신니貞心尼[40]와의 마지막 이별의 모습이 인상적으로 그려져 있다. 한 해가 지나갈 무렵, 병세가 악화된 료칸은 데신니에게 다음과 같은 시를 전했다.

あづさゆみ春のなりなば草の庵をとく出て来ませあひたきも

---

39 료칸 : 시인. ―옮긴이
40 데신니 : 그의 제자. ―옮긴이

のを

봄이 되면, 저쪽의 초암에 빨리 나와 주세요. 만나고 싶으니까요.

그러나 결국 봄까지 견디지 못하고, 임종이 가까워졌다. 이를 들은 데신니는 서둘러 료칸이 있는 곳으로 달려와

いついつよ待ちにし人は来りけりいまは相見て何かおもはむ
언제 올까 언제 올까 하고 기다리던 사람이 드디어 왔다. 이렇게 그 사람을 보고, 그 사람이 나를 보고, 나는 더 이상 미련이 없다.

라는 시를 읊었다.

나카노는 이와 같은 시와 답가를 옮긴 뒤 다음과 같이 언급하고 있다.

의식을 잃고도 병원에서 링거를 맞고 연명치료를 강제로 받으며, 친한 사람에게 이별을 고할 새도 없이 죽어가는 현대인의 죽음과 비교했을 때, 이렇게 의식이 확실히 있을 때 서로 마주보며 이별을 고하는 죽음은 얼마나 인간적인가. 그러나 몇천 년 동안

이어져 온 인간의 죽음은 이런 것이었다.

데신니는 그날부터 계속 료칸의 암자에 머무르며, 죽을 때까지 간병을 했다고 하는데 나카노가 말한 것처럼, '현대의 죽음'의 모습은 지난 몇천 년 동안 이어져 온 '서로 마주 보며 이별을 고하는 죽음'을 잃어버린 것일지도 모른다. 앞에서 언급한 프로젝트 등에서도 생각해 본 것이지만 어쨌든 나카노가 한 말은 필자가 아버지를 떠나보내고 했던 생각과 비슷하다.

사요나라로서의 죽음

죽음보다 싫은 공허

마지막으로 또 한 명, 작가이자 시인이었던 다카미 준高見順(1907~1965)이 고찰한 사요나라로서의 죽음에 대해 알아보기로 하자.

다카미 준은 일본근대문학관의 설립 운동에 힘쓴 인물로, 목표가 실현되려고 할 무렵 식도암 선고를 받았다. 그 후 3년 동안 네 번의 수술을 받았다. 그는 투병기간 동안의 생각을 시집 『죽음의 심연에서死の淵より』에서 읊고 있다.

먼저, 소개할 시 〈기차는 두 번 다시 오지 않는다汽車は二度と来ない〉는 죽음을 앞에 둔 '죽음보다 싫은 공허'를 표현했다.

아무 말도 없이 있던 손님 몇 명을

닦아내듯이 전부 싣고

어두운 기차는 출발했다

매점은 뒷정리를 끝냈고

제비의 둥지조차 텅 빈

휑뎅그렁한 밤의 플랫폼

전등이 꺼지고

역원도 모두 모습을 감췄다.

웬일인지 나 혼자 거기에 있다.

건조한 바람이 불어와

칠흑 같은 홈에 먼지가 흩날린다

기차는 이제 두 번 다시 오지 않는 것

아무리 기다려도 소용없다

영원히 오지 않는다

난 그것을 알고 있다

알고는 있으나 일어나 떠나지 못한다

죽음을 알고 있을 필요가 있는 것이다

죽음보다 더 싫은 공허함 속에 나는 서 있다

......

〈기차는 두 번 다시 오지 않는다汽車は二度と来ない〉

죽음을 앞에 두고, 좋든 싫든 뚜렷해진 삶의 일회성, 여벌 따위는 없는 것, 또 나 혼자 잃어버리지 않으면 안 된다는 고독감이 강조되어 있다. —휑뎅그렁한 밤의 플랫폼/기차는 더 이상 두 번 다시 오지 않는 것/아무리 기다려도 소용없다/영원히 오지 않는다/라는 표현들에서 그 점을 확인할 수 있다.—

다카미는 '죽음보다 싫은 공허'를 어떻게도 하기 어려운(마치 공중에 매달린 것과 같은) 상태로 여겼다.

다카미의 '죽음을 만드는 법'

『죽음의 심연에서』라는 시집에는 '죽음을 알아 둘 필요가 있음'을 인식한 다카미가 시인으로서 결사적으로 '죽음을 창조하는' 영위가 담겨 있다.

〈나의 식도에おれの食道に〉라는 시는 구키의 화법으로 말한다면, 암에 걸려버린 것의 '우연—필연'에 대한 저주, 적대감을 통해 결국 그 사실을 받아들이는(이라기보다 그것을 받아들이는 자신을 받아들임) 시이다.

나의 식도에

암을 심어놓은 놈은 누구냐

나를 이 땅에 심어놓은 놈

아버지 되는 남자와 난 만나본 적도 없다.

죽은 아버지와 나는 결국 이 세상에서 만나보지 못했다.

그런 나이기에 암을 심어놓은 놈도 알지 못하는 것은 당연한가

틀림없이 누군가 나에게 적대감을 품고 한 일임에 틀림없다.

최대의 적이다. 그 적은 누구인가

〈나의 식도에おれの食道に〉

시는 이렇게 시작되다가 결국 '나는 나에게 있어서 가장 미워할 만한 적'이라고 인정하게 된다. 그리고 죽음을 앞에 두고, 자신을 다시 한 번 바로 보며 인정하고 긍정하려고 하고 있다.

나는 지금 암으로 쓰러져 있기에 원통할 수밖에 없다.

그러나 의외로 평온한 내 마음을 포기라고 부르고 싶지 않다.

나는 벌써 충분히 싸웠다.

내부의 적인 나 자신과 싸우는 동시에

외부의 적과도 충분히 싸웠다

허니, 지금의 나는 싸움에 지친 것이 아니다

나는 이 인생을 열심히 살아왔다

마음이 평온해진 것은 사는 데 질렸기 때문이 아니다

흉폭했다고 하자. 그래서 어리석었다고도 하자

열심히 살아온 나를

지금은 그대로 조용히 인정해주고 싶다

있는 그대로의 나를 잠자코 받아들이고 싶은 거다

동정심이 아니라, 충분히 살아왔기 때문이라고 생각한다

……

정원의 수목을 보라, 소나무는 소나무

벚꽃은 벚꽃인 것처럼, 나는 나다

나는 나 이외의 사람으로는 살 수 없었던 것이다.

나 나름대로 살아온 나는

수목이 자기혐오가 없는 것처럼

나로서 나 나름대로 죽어가는 것에 만족한다

나는 나에게 말하려고 한다, 너는 너 나름대로 견실하게 살

아왔다

편안하게 너는 눈을 감는 것이 좋다.   (同)

아무리 강한 척 하려는 사람이라 해도 '나는 이 인생을 열심히 살아왔다, 충분히 살아왔기 때문이라고 생각한다'라고 말하기는 쉽지 않을 것이다. 어쨌든 그런 생각을 하게 됨으로써 '충실감이 지금 나에게 자기 긍정을 준 것이다'라는 마음이나 '있는 그대로의 나를 잠자코 받아들이고 싶은 거다', '나로서 나나름대로 죽어가는 것에 만족한다'는 말도 할 수 있었던 것이 아닐까?

대지에 돌아가는 죽음을 즐기다

다카미의 이러한 자기 긍정은 죽음은 '돌아갈 곳이 있는 여행이기에 즐겁지 않으면 안 된다'와 같은 사생관도 끌어들인다.

돌아갈 수 있으니까
여행은 즐거운 것이고
여행의 외로움을 즐길 수 있는 것도
내 집에 언젠가 돌아가기 때문이다
......

이 여행은

자연으로 돌아가는 여행이다

돌아갈 곳이 있는 여행이기에

즐겁지 않으면 안 된다

이제 곧 흙으로 돌아가는 것이다

……

대지에 돌아가는 죽음을 슬퍼해서는 안 된다

육체와 함께 정신도

우리 집에 돌아가는 것이다

그렇다면 곧잘 슬퍼하려던 정신도

평온하게 지하에서 잠들 수 있다

가끔 매미의 유충 때문에 잠을 설치더라도

지상의 그 덧없는 생명을 생각하면 용서할 수 있다

옛 사람들은 인생을 물거품과 같다고 말했다

강을 건너는 배가 그려내는 수포를

인생으로 본 옛 가인도 있다

덧없음을 그들은 슬퍼하며

입 밖으로 내어 말하는 동시에 그것을 즐겼음에 틀림없다

나도 이렇게 시를 써서

덧없는 여행을 즐기고 싶다　　　　　〈돌아가는 길帰る旅〉

이 시에는 자신을 받아들이는 두 가지 방식이 보인다. 하나는 '나로서 나 나름대로 죽어가는 것을 받아들이는 것' 그리고 또 하나는 '나'는 커다란 자연, 대지에서 온 존재이며, 그곳에 돌아가는 것뿐이라는 방식이다. 일찍이 시가志賀도 자신이 '한 방울'인 사실을 인정했고, 커다란 강물의 한 방울에 지나지 않지만 그것으로 충분하다고 말했다. 다카미도 그러한 '죽음의 친숙함' '즐거움'을 말하고 싶었던 것이 아닐까? 그러나 다카미는 같은 날에 다음과 같은 시를 썼다.

울어라 큰소리로 울어라
큰소리로 외치는 편이 좋다
웅크리고 앉아 조그맣게 되어 울지 말고
수술대에 올려진 피투성이 수건아
그리고 나의 마음아

〈울부짖어라泣きわめけ〉

'나의 마음'을 설득하려고 하는 노력 속에 필자는 간신히 납득을 하게 되었다. 그리고 아래 시에서 '사요나라'가 반복되는 것을 통해 마음을 재정비한 것을 볼 수 있다.

사요나라 / 나의 청춘아さようなら / 私の青春よ

전철이 가와사키 역川崎駅에 멈춘다

산뜻한 아침의 빛이 내리쬐는 홈

전철에서 우르르 손님이 내린다

10월의

아침 러시아워

다른 홈도

여기서 내려 학교에 가는 중학생과

직장에 출근하는 사람들로 가득 찼다

활기가 가득 차 넘쳐 흐른다

나는 이대로 타고 가 병원에 간다

홈을 서둘러 떠나는 중학생들은 예전의 나처럼

옛날 그대로의 가방을 어깨에 메고 있다

나의 중학교 시절을 보는 느낌이다

나는 가와사키의 콜롬비아 공장에

학교를 나와서 잠시 일한 적이 있다.

나의 젊은 날의 모습이 그렇게 살아난다

홈을 떠나는 졸린 듯한 청년들

너희들은 예전의 나다

나의 청춘 그대로의 젊은이들아

나의 청춘이 지금 홈에 흘러넘치고 있다
나는 너희들에게 손을 뻗어 악수를 청하고 싶어졌다
그리움 때문만은 아니다
늦지 않으려 육교를 뛰어올라가는
젊은 노동자들아
사요나라
너희와 다시는 만나지 못하겠지
나는 병원에 암 수술을 받으러 간다
이런 아침, 너희들과 만나서 기쁘다
낯선 너희들이
자네들이 건강해 보여서 기쁘다
청춘은 언제나 건재한 것이다
사요나라
이제 차는 떠난다 죽음으로 가는 출발이다
사요나라
청춘아
청춘은 언제나 건강하다
사요나라
나의 청춘아

〈청춘의 건재靑春の健在〉

사요나라가 반복된 가운데 분명한 사실이 있다. '너희들의 청춘의 건재'와 함께 '나의 청춘의 건재'이다. 이는 기시모토가 말한 '세상에 남은 미련'일 것이다. 즉 '세계가 그 세계로서 변하지 않고 건재할 것'과 '나로서 나 나름대로 죽어가는 것(=살아 온 것)'을 하나의 생각과 결정체로 이루어내기 위해 '그렇다면'이라고 기도하며 원하는 것이다. 그러나 물론 거기에는 '그렇다면'과 더불어 '꼭 그래야만 한다면'의 의미도 분명히 존재한다.

기시모토나 다카미가 고찰했던 이별의 방식은 이 책의 주제인 '일본인은 왜 사요나라라 말하고 헤어지는가'라는 질문에 대한 대답으로 대신해도 좋을 것이다.

맺음말

　다나카 히데미쓰의 〈사요나라〉라는 글의 첫머리를 보면 '인생, 즉 이별人生足別離'이라는 당시선唐詩選의 한 구가 인용되어 있다. 이 시를 이부세井伏 씨가 '사요나라만 인생이다'라고 번역했는데, 다자이 씨가 〈굿바이〉의 해설에 번역시를 수록하며 자신의 해석을 추가했다. 그 해석은 다음과 같다.

> まことに人間、相見る束の間の喜びは短く、薄く、別離の傷心のみ長く深い。人間は常に惜別の情にのみ生きているといつても過言ではあるまい。
> 실로 인간이 마주보는 시간은 찰나이며, 기쁨은 짧고, 옅으며, 이별의 상처는 길고 깊다. 인간은 항상 석별의 정만으로 살아간다고 해도 과언이 아니다.

　원문은 당나라 말년의 시인 간무릉于武陵의 '권주勸酒'라는 시의 결구로, 다음과 같은 시이다.

君の勧む　金屈卮

満酌　辞するを須いず

花発いて　風雨多し

人生　別離足る

금굴치(손잡이가 있는 황금잔)에 가득 따른

술을 절대 사양하지 말아주십시오.

꽃이 한창 때라 생각할 틈도 없이,

바람과 비에 떨어져 버리는 것처럼,

인생도 또한 마찬가지로, 이별이 많이 있으니까요

　이별의　때를　아쉬워하며,　술을　권하고　술을　함께
마시는　장면을　노래한　것이다.　결구의　'인생　이별의
족하다'의　뉘앙스가　문제인데,　보통은　'많이　있다.　가
득　있다'로　해석하고　있다.　하지만　이부세　마스지井伏
鱒二가　이　시를

　コノサカズキヲ受ケテクレ

　ドウゾナミナミツカシテオクレ

　ハナニアラシノタトヘモアルゾ

　サヨナラダケガ人生ダ

이 잔을 받아주게

부디 넘실넘실 채워주게

꽃이 피면 비바람이 몰아치듯

사요나라만이 인생이다

라고 번역해서 '인생, 이별, 충분하다'를 '사요나라만
이 인생이다'라고 재해석함으로써 원시와 다른 의미
가 덧붙여졌다. '많이 있다, 가득 있다'를 '그뿐이다'
라고 단언한 것이다. 그러나 이렇게 파격적인 해석시
를 씀으로 오히려 이부세의 글이 독립된 작품으로
유명해지게 되었다.

다나카는 그러한 센티멘털한 수용방식을 보고, 이
부세나 다자이 그리고 일본인의 사요나라가 '천박한
허무주의'라고 지적했다. 다나카의 비판이 옳은지, 그
른지는 여기에서는 언급하지 않으려 한다. 데라야마
슈지寺山修司도 이 '사요나라만이 인생이다'라는 관용
구에 대해 짤막한 답가를 지었다.

사요나라만이 인생이라면 다시 찾아오는 봄은 무어란 말인
가

아득하고 아득한 땅의 끝에 피어 있는 들판의 백합은 무어

란 말인가

사요나라만이 인생이라면 해후하는 날은 무어란 말인가

온화하고 온화한 저녁놀과 두 사람의 사랑은 무어란 말인가

사요나라만이 인생이라면 세워진 우리 집은 무어란 말인가

쓸쓸하고 쓸쓸한 평원에 비추는 불빛은 무어란 말인가

사요나라만이 인생이라면

인생 같은 거 필요없지

〈사요나라만이 인생이라면さよならだけが人生ならば〉

사요나라만이 인생이라고 단언하는 말투에 대한 이의를 내세우는 시같이 보인다. 하지만 데라야마가 작사를 담당한 '카르멘 마키'라는 앨범의 여덟 번째 곡이 이 〈사요나라만이 인생이라면(사요나라다케가진세나라바)〉이고, 일곱 번째 곡은 〈다이센지가케다라나요사〉[41]이다.

'다이센지가케다라나요사' 노래의 가사는 다음과 같다.

---

41 다이센지가케다라나요사 : 이 말을 거꾸로 말하면 '사요나라만이 인생이다'라는 일본어가 된다. ─ 옮긴이

쓸쓸해진다고 말해본다

외톨이의 주문

헤어진 사람과의 추억을 잊기 위한 주문

다이센지가케다라나요사 다이센지가케다라나요사……

(거꾸로 읽으면 그 사람이 가르쳐 준 노래가 된다. 사요나라만이 인생
이다)

즉 데라야마에게 '사요나라만이 인생이다'는 말은
절대로 단순히 부정적인 의미가 아니었음을 알 수
있다.

오히려 한편으로는 '사요나라만이 인생이다'라고
생각함으로 거기에 있는 또는 있었을 '봄'과 '들판의
백합', '해후하는 날', '저녁놀', '세워진 우리 집'……
과 같은 것을 소중한 것으로 여기고, 선명하게 낙인
하려고 했는지도 모른다.

'사요나라만이 인생이다'라는 것은 말하자면 도리
에 어긋난 おまじない(주문)였다라는 것이다. 〈사요나
라만이 인생이라면〉의 결구 '사요나라만이 인생이라
면, 인생 같은 거 필요없지'는 나중에 데라야마 스스
로 삭제했다.

그래도 필자는 '사요나라만이 인생이다'라는 말은

너무 과격한 말이라고 생각한다. 물론 다나카와는 다른 관점이긴 하지만 말이다. 그러나 '머리말'에서 인용한 아쿠 유의 '인간은 사요나라사가 얼마나 두터우냐에 따라 좋은 인생인지 아닌지가 결정된다'라는 말에는 다시 한 번 찬성한다. 그것은 본문에도 인용한 가나코大榮의 간결한 말로 정리할 수 있으리라고 생각한다.

꽃잎은 진다
꽃은 지지 않는다

이 책이 완성되기까지 많은 분들에게 신세를 졌다. 원래는 도쿄대학인문사회계연구과 문학부에서 강의했던 이야기이지만, 학생 모두에게 질문, 리포트를 받으면서 여러 가지 새로운 시사를 제공받을 수 있었다. 또 대학원 세미나에 참석한 분들이 초고를 읽어준 덕분에 귀중한 코멘트와 조언을 받을 수 있었다. 특히 하세가와 도오루長谷川 徹 씨는 자료수집의 단계부터 세부적인 교정단계에 이르기까지 정말 많은 도움을 주셨다.

마지막으로 이 책을 '지쿠마신서' 서적으로 권유해

주시고 내용과 구성, 표기 등 전반적으로 가르쳐 주신 야마노 히로카즈 씨에게 진심으로 감사하고 싶다. 도움을 받기 시작한 지도 5년이나 지나버렸지만 다시 한 번 글로 감사를 표하고 싶다.

다케우치 세이치 竹内整一

인용·참고문헌

- 다케우치 세이치竹内聖一 『자기초월의 사상-근대 일본의 니힐리즘自己超越の思想-近代日本のニヒリズム』(페리칸사ぺりかん社, 1988)

- 동同 『일본인은 친절한가?日本人は「やさしい」のか』(지쿠마신서ちくま新書, 1997)

- 동同 『자연스레와 스스로 「おのずから」と「みずから」-日本思想の基層』(슌슈사春秋社, 2004)

- 동同 『슬픔과 일본인「かなしみ」と日本人』(일본방송출판협회日本放送出版協会, 2007)

- 동同『덧없음과 일본인「はかなさ」と日本人』(헤본사신서平凡社新書, 2007)

- 아쿠 유阿久悠 「나의 사요나라사ぼくのさよなら史」(『미세스ミセス』 주부의 지사主婦の支社, 2003.3)

- 『일본국어대사전 제2판日本国語大辞典第二版』(쇼가쿠칸小学館, 2001)

- 『겐지모노가타리源氏物語』(신편일본고전문학전집新編日本古典文学全集, 쇼가쿠칸小学館)

- 『헤케모노가타리平家物語』(신편일본고전문학전집新編日本古典文学全集, 쇼가쿠칸小学館)

- 『다이헤키太平記』(신편일본고전문학전집新編日本古典文学全集, 쇼가쿠칸小学館)

- 『시대별국어대사전時代別国語大辞典』(산쇼당三省堂)

- 『요쿄쿠슈謡曲集』(신편일본고전문학전집新編日本古典文学全集, 소학 관小学館)

- 아라키 히로유키荒木博之『야마토언어의 인류학やまとことばの人類 学』(아사히선서朝日選書, 1985)

- 프랑스 도룬/고바야시 야스오フランス·ドルヌ/小林康夫『일본어의 숲을 걸어서日本語の森を歩いて』(고단샤 현대신서講談社現代新書, 2005)

- 『심포지엄 보고집 '죽음의 임상과 사생관'シンポジウム報告集「死の 臨床と死生観」』(도쿄대학교 대학원 인문사회계연구과東京大学大学 院人文社会系研究科, 2005)

- 야나기타 구니오柳田邦男『죽음의 의학 일기「死の医学」への日記』 (신초문고新潮文庫, 1999)

- 동同, 『언어의 힘, 살아가는 힘言葉の力、生きる力』(신초사新潮社, 2002)

- 동同『'죽음의 의학'으로의 서장「死の医学」への序章』(신초문고新 潮文庫, 1990)

- 동同『인생의 답을 내는 방법「人生の答」の出し方』(신초문고新潮文 庫, 2006)

- 히로이 요시노리広井良典『사생관을 되묻다死生観を問いなおす』(지 쿠마신서ちくま新書, 2001)

- 동同『케어를 되묻다ケアを問いなおす』(지쿠마신서ちくま新書, 1997)

- 사노 요코佐野洋子 『100만 번 살았던 고양이100万回生きたねこ』
  (고단샤講談社, 1977)

- 『미야자와 겐지 전집宮沢賢治全集』(지쿠마문고ちくま文庫, 1985)

- 『니시다 기타로 전집西田幾多郎全集』(이와나미서점岩波書店,
  1965~66)

- 시마조노 스스무, 다케우치 세이치島薗進·竹内整一編著 시리즈シ
  リーズ 『사생학死生学』 제1권第1巻 「사생학이란 무엇인가死生学と
  は何か」(도쿄대학출판회東京大学出版会, 2008)

- 『마사무네 하쿠초전집正宗白鳥全集』(후쿠타케서점福武書店, 1983)

- 세키네 마사오, 이토 스스무関根正雄·伊藤進 『마태복음서 강의マ
  タイ福音書講義』(신치서방新地書房, 1985)

- 가토 슈이치 외加藤周一他 『일본인의 사생관日本人の死生観』(이와
  나미신서岩波新書, 1977)

- 『만요슈万葉集』(『신편일본고전문학전집新編日本古典文学全集』, 쇼학
  관小学館)

- 『고킨슈古今集』(『신편일본고전문학전집新編日本古典文学全集』, 쇼학
  관小学館)

- 『이치곤호단一言芳談』(가도가와문고角川文庫, 1970)

- 『이즈미시키부슈和泉式部歌集』(이와나미문고岩波文庫, 1956)

- 도겐道元 『쇼보겐조正法眼蔵』(『일본사상대계日本思想大系』, 이와

나미 문고岩波書店)

• 『쓰레즈레구사徒然草』外他　(『신편일본고전문학전집新編日本古典文学全集』, 소학관小学館)

• 『간긴슈閑吟集』外他　(『신편일본고전문학전집新編日本古典文学全集』, 소학관小学館)

• 『하가쿠레葉隠』(「일본의 사상日本の思想」『고요군칸, 고린노쇼, 하가쿠레甲陽軍艦·五輪書·葉隠集』 지쿠마서방筑摩書房, 1968)

• 『탄이초歎異抄』(이와나미문고岩波文庫, 1981)

• 요시모토 다카아키吉本隆明他 『인간과 죽음人間と死』(슌슈사春秋社, 1988)

• 『호넨전집法然全集』(슌슈사春秋社, 1989)

• 『묘에쇼닌덴키明恵上人伝記』(고단사학술문고講談社学術文庫, 1980)

• 마치다 소호町田宗鳳 『호넨과 묘에法然と明恵』(고단사 신서 메치에講談社選書メチエ, 1998)

• 지카마쓰 몬자에몬近松門左衛門 『소네자키슾의 정사曾根崎心中』(『신편일본고전문학전집新編日本古典文学全集』, 소학관小学館)

• 『와쓰지 데쓰로 전집和辻哲郎全集』(이와나미문고岩波書店, 1962)

• 야나기타 구니오柳田国男 『선조 이야기先祖の話』(지쿠마서방筑摩叢書, 1975)

• 『시가 나오야 전집志賀直哉全集』(이와나미문고岩波書店, 1999)

• 나기 게이시南木佳士『다이아몬드 더스트ダイヤモンドダスト』(분슌

문고文春文庫, 1992)

• 『모토오리 노리나가 전집本居宣長全集』(지쿠마서방筑摩書房, 1968)

• 마루야마 마사오丸山眞男「역사의식의 고층歷史意識의「古層」」(『일본
의 사상日本の思相』『역사사상집歷史思想集』지쿠마서방筑摩書房,
1972)

• 『고지키古事記』(『신편일본고전문학전집新編日本古典文学全集』, 소학
관小学館)

• 이소베 다다마사磯部忠正『무상함의 구조−심오한 세계無常の構造
−幽の世界』(고단사현대신서講談社現代新書, 1976)

• 동同 『일본인의 신앙심日本人の信仰心』(고단사현대신서講談社現代
新書, 1983)

• 사가라 도오루相良亨 「한 모퉁이에 서다一隅に立つ」(『사가라 도
오루 저작집3相良亨著作集3』페리칸사ぺりかん社, 1993)

• 앤 린드버그アン・リンドバーグ 『날개여, 북쪽으로翼よ、北に』 (나
카무라 에코 번역中村妙子訳 미즈즈서방みすず書房, 2002)

• 스가 아쓰코須賀敦子 『먼 아침의 책들遠い朝の本たち』 (지쿠마문고
ちくま文庫, 2001)

• 야마기시 가이시山岸外史 『인간 다자이 오사무人間太宰治』 (지쿠
마서방筑摩書房, 1962)

• 『다나카 히데미쓰 전집田中英光全集』(하가서점芳賀書店, 1964~65)

• 모리 마리森茉莉 「가시刺」「아버지의 모자父の帽子」 (지쿠마서방

筑摩書房, 1957)

- 『다야마 가타이 전집田山花袋全集』 (분센당文泉堂, 1974)

- 미키 기요시三木清 『철학입문哲学入門』 (이와나미신서岩波新書, 1976)

- 사가라 도오루相良亨 『일본인의 사생관日本人の死生観』 (『사가라 도오루 저작집4相良亨著作集4』 페리칸사ぺりかん社, 1994)

- 마키 유스케真木悠介(미타 무네스케見田宗介) 『기류에 울리는 음気流の鳴る音』 (지쿠마서방筑摩書房, 1977)

- 『나카하라 주야 전집中原中也全集』 (가도카와서점角川書店, 2004)

- 구키 슈조九鬼周造『우연성의 문제偶然性の問題』『구키 슈죠 전집 제2권九鬼周造全集第二巻』 (이와나미문고岩波書店, 1981)

- 동同 『이키의 구조「いき」の構造』『구키 슈죠 전집 제1권九鬼周造全集第一巻』 (이와나미문고岩波書店, 1981)

- 동同 『문예론文芸論』『구키 슈죠 전집 제4권九鬼周造全集第四巻』 (이와나미문고岩波書店, 1981)

- 다나카 규분田中久文『구키 슈죠−우연과 필연九鬼周造−偶然と必然』 (페리칸사ぺりかん社, 1992)

- 사가라 도오루相良亨 『일본인의 무無에 대한 감각서日本人の無についての覚え書』 (『사가라 도오루 저작집4相良亨著作集4』 페리칸사ぺりかん社, 1994)

- 이토 시즈오 외伊東静雄 他 『일본의 시가23日本の詩歌23』 (중앙공

론사中央公論社, 1968)

• 기시모토 히데오岸本英夫 『죽음을 주시하는 마음死を見つめる心』
(고단사講談社, 1964)

• 나카노 고지中野孝次 『료칸－마음의노래良寛－心のうた』 (고단사講
談社 +a 신서新書, 2002)

• 다카미 준高見順 『죽음의 심연에서死の淵より』 (고단사문문고講談
社文芸文庫, 1993)

•『이부세 마스지 전집井伏鱒二全集』 (지쿠마서방筑摩書房, 1998)

• 카르멘 마키カルメン·マキ 『초가 꺼질 때까지ろうそくの消えるまで』
(소니뮤직ソニーミュージック, 1969)

지은이 ● **다케우치 세이치**(竹内 整一)

1946년 나가노 현에서 태어나 도쿄대학문학부윤리학과를 졸업, 동대
학원 인문과학연구과 박사과정을 중퇴했다. 현재 도쿄대학교수(대학
원인문사회계연구과·문학부)이며 전공은 윤리학·일본사상사로, 일본
인의 정신의 역사를 더듬어 찾아가며, 그것이 현재를 살고 있는 우
리와 어떤 연결고리가 있는지 탐구하고 있다. 저서로는 『일본인은
친절한가?日本人はやさしいのか, ちくま新書』, 『자기초월의 사상自己超越の
思想, ぺりかん社』, 『자연스레와 스스로おのずからとみずから, 春秋社』, 『덧
없음과 일본인はかなさと日本人, 平凡社新書』, 『슬픔과 일본인かなしみと
日本人, 日本放送出版協会』 등이 있다.

옮긴이 ● **서미현**

한국외국어대학교 일본어과 졸업.
삼성전자 홍보팀에서 일본어 의전을 담당했으며 기업체 일본어 강사
로 활동했다.
현재 엔터스코리아 일본어 출판기획 및 전문 번역가로 활동 중이다.

일본인은 헤어질 때 왜 사요나라라고 말할까

초판 1쇄 발행일   2010년 6월 28일

지은이   다케우치 세이치
옮긴이   서미현
펴낸이   박영희
편집   이은혜·이선희·김미선
표지   강지영
책임편집   강지영
펴낸곳   도서출판 어문학사
          132-891 서울특별시 도봉구 쌍문동 525-13
          전화: 02-998-0094 / 편집부: 02-998-2267
          팩스: 02-998-2268
          홈페이지: www.amhbook.com
          e-mail: am@amhbook.com
          등록: 2004년 4월 6일 제7-276호

인지는
저자와의
합의하에
생략함

ISBN   978-89-6184-125-2   03830

정가   14,000원

이 도서의 국립중앙도서관 출판시도서목록(CIP)은
e-CIP홈페이지(http://www.nl.go.kr/ecip)에서 이용하실 수 있습니다.
(CIP제어번호 : CIP2010002140)

※ 잘못 만들어진 책은 교환해 드립니다.